비건소녀 진초록

비건소녀 진초록

지은이 강이라
펴낸이 임상진
펴낸곳 (주)넥서스

초판1쇄 발행 2025년 9월 15일
초판2쇄 발행 2025년 9월 20일

출판신고 1992년 4월 3일 제311-2002-2호
10880 경기도 파주시 지목로 5
Tel (02)330-5500 Fax (02)330-5555

ISBN 979-11-94643-83-8 43810

저자와 출판사의 허락 없이 내용의 일부를
인용하거나 발췌하는 것을 금합니다.

가격은 뒤표지에 있습니다.
잘못 만들어진 책은 구입처에서 바꾸어 드립니다.

www.nexusbook.com
&(앤드)는 (주)넥서스의 문학 브랜드입니다.

비건소녀 진초록

강이라
장편소설

&

작가의 말

저는 채식을 지향합니다. 가금류를 포함한 모든 고기와 육가 공품은 멀리하고 생선과 해산물은 가끔 허용합니다. 어른이 좋은 마음으로 권하거나 기쁜 일로 나누는 음식이라면 비록 육류일지라도 한 입 정도 감사히 받아먹는 예외도 있습니다.

채식을 지향하게 된 계기는 요가입니다. 십여 년 동안 요가를 수련하며 지도자로 활동했습니다. 채식주의자 중에 요가 수련자가 많은데요. 바로 '비폭력의 실천' 때문입니다.

요가학파의 창시자인 파탄잘리가 쓴 《요가 수트라》에서는 몸과 마음의 정화를 위한 요가의 수련 과정을 8단계로 나누어 설명합니다. 그 첫 번째 단계가 '야마'이며 사회적 금기와 도덕적 규율을 의미합니다. '비폭력'은 야마의 계율 중 하나로, 다른 생명에게 해를 끼치지 않고 자연과 조화를 이루며 자비와 연민을 실천하는 삶을 지향하는 마음가짐이자 자세입니다.

자유학기제 강사로 중학교에서 일할 때 칠판에 붙여 놓은 급식 식단표를 주의 깊게 들여다보곤 했습니다. '고기 없는 월요일' 식단을 하지 않는 학교였지요. 아이들에게 의견을 물었더니 의외로 채식에 관심과 호의를 보였습니다. 이 소설은 청소년들이 일주일에 하루, 한 끼 정도는 채식을 경험하면 좋겠다는 단순한 마음에서 시작되었습니다.

채식은 누군가에게는 지구를 위한 실천이고, 또 다른 누군가에게는 자기 몸을 돌보는 길이며, 어떤 이에게는 연민과 존중의 언어입니다. 이 소설에서는 채식의 옳고 그름을 따지기보다는, '다르게 선택할 수도 있다'라는 가능성을 보여 주고 싶었습니다. 초록과 시내 그리고 리진이 그 가능성을 잘 보여 주었기를 바랍니다.

소설에 나오는 사진 〈얼음 침대〉는 영국의 아마추어 사진가인 니마 사리카니의 작품입니다.

기후 변화로 빙하가 빠르게 녹고 있는 북극해 스발바르 제도의 북극곰을 포착한 이 사진은 2023년에 최고의 야생 사진으로 선정되었습니다. 북극곰이 쪽잠을 자던 빙하 조각이 더는 녹지 않기를 간절히 소망합니다. 그리고 다회용 공유컵인 '도돌이컵'

은 제가 사는 지역에서 진행 중인 친환경 프로젝트입니다. 예쁜 이름에 멋진 의미까지 담은 컵을 소개할 수 있어 기쁩니다. 활성화되어 꾸준히 사랑받는 컵이 되었으면 좋겠습니다.

지난겨울, 강원도 원주의 토지 문화관에서 소설의 초고를 완성했습니다. 채식하는 저를 위해 세심히 식단을 살펴 주신 토지 문화관 식당의 조리사 선생님께 특별히 감사드립니다. 설날 즈음하여 따로 끓여 주신 떡국은 참 맛있고 따뜻했습니다.
한참 늦었지만 믿고 기다려 준 출판사와 출간을 위해 애써 주신 편집부에도 감사의 마음 전합니다.

청소년 여러분.
언젠가 우리가 만나 채식을 이야기할 때, 간식으로 호밀 모닝빵 어때요? 병아리콩 후무스를 곁들여서요.
쉿! 초록이에게는 비밀입니다.

강이라 드림

목차

작가의 말 ~~~~~ 5

호밀 모닝빵과 병아리콩 후무스 ~~~ 11

들깨 드레싱 채소 샐러드 ~~~~~ 27

두부 과자 카나페 ~~~~~ 45

유자청과 까치감 냉장고 ~~~~ 61

파지 약과와 마라 두부버거 ~~~~ 79

최선의 달걀말이 ~~~~~~~~ 99

비건 쿠키 Yes or No ~~~~~~~~ 117

한입 콩 커틀릿과 과일꼬치 ~~~~~~ 139

바삭바삭 통밀 러스크 ~~~~~~~~ 167

도돌이컵 해피엔딩 ~~~~~~~~ 185

쿠키 였음 ~~~~~~~~~~~~~ 199

호밀 모닝빵과 병아리콩 후무스

병아리콩에는 병아리가 없다.

호밀 모닝빵 사이에 후무스를 바르며 초록은 생각했다. 엄마가 직접 만든 호밀빵은 부드럽고 고소하다. 후무스도 마찬가지다. 엄마는 아침마다 밤새 불린 병아리콩을 푹 삶은 후 마늘, 레몬즙, 소금, 올리브유를 넣고 믹서기에 곱게 갈아 만든 후무스를 식탁에 올렸다. 참깨 대신 잣이 들어가는 게 일반 레시피와 다르다. 우리 집에는 참깨도 없고 들깨도 없다. 당연히 참기름도 없고 들기름도 없다. 진아름 때문이다. 진아름은 깨를 못 먹는다. 아니, 깨도 못 먹는다.

"초록아, 가서 언니 아침 먹으라고 해."

엄마가 손가락 크기로 자른 채소 스틱을 유리컵에 옮겨 담으며 말했다. 당근, 오이, 노란 파프리카가 알록달록했다.

"진아름!"

초록은 앉은 자리에서 목소리만 높여 언니를 부르고는 모닝빵을 한입 베어 먹었다. 후무스 맛은 담백하다 못해 너무 심심했다. 당근 스틱으로 손을 뻗는데 엄마가 초록의 손등을 찰싹 때렸다.

"아야. 왜 때려?"

"진아름이 뭐야? 언니가 네 친구야?"

"와, 내가 좋아하는 후무스네."

방에서 나온 아름이 초록의 옆자리에 앉으며 부러 호들갑을 떨었다. 초록과 아름은 같은 학교의 교복을 입고 있었다. 아름은 먹기 좋게 뜯어낸 호밀빵에 후무스를 조금 올려 한입에 넣었다.

"맛있다. 그치, 초록아?"

"전혀. 네버. 이건 당근이 아니다. 이건 소시지다. 아주 맛있는 소시지다!"

마법 주문을 건 초록이 당근을 자신 있게 베어 물었지만 이내 포기한 얼굴로 우적우적 씹어 먹었다. 엄마가 2단 도시락 두 개를 가져와 아름과 초록 앞에 하나씩 내려놓았다. 도시락 윗단에는 밥과 반찬이 도시락 아랫단에는 후식으로 먹을 과일이 담겨 있을 것이다.

"나는 병아리콩 말고 요렇게 생긴 병아리가 먹고 싶어. 삐악삐악, 꼬끼오!"

초록이 양쪽 팔꿈치를 옆구리에 바짝 붙이고 날갯짓하듯 두 손을 펄럭였다. 엄마는 또 그 소리냐는 한심한 표정으로 초록을 보았다.

"치킨 말이야. 황금올리브, 간장, 뿌링클, 짜장, 프라이드, 양념, 순살 치킨! 치킨! 치킨!"

엄마는 도시락을 도시락 가방에 넣고 지퍼를 닫았다.

"투정 부리지 마."

"고기 못 먹는 건 진아름이지 내가 아니잖아. 그런데 왜 나까지 덩달아 고기를 못 먹는데?"

엄마가 대꾸를 안 하자 초록은 먹던 모닝빵을 던지듯 내려놓고는 자리에서 일어섰다.

"고기만? 진아름 때문에 과자도 못 먹고 진아름 때문에 아이스크림도 못 먹잖아. 나는 아픈 데 없어 다 먹어도 괜찮은데 아토피 걸린 진아름 때문에 아무것도 못 먹잖아."

"얘가 고등학교 가더니 왜 이래? 중2 때도 안 그랬잖아. 뒤늦게 사춘기라도 온 거야?"

엄마가 기가 찬 얼굴로 초록을 보았다. 아름이 난처한 표정을 지으며 엄마와 초록을 번갈아 쳐다보았다.

"우리 초록이가 사춘기라고?"

수건으로 얼굴을 닦으며 욕실을 나오던 아빠가 물었다.

"아니라고, 아니라고!"

발끈한 초록이 선 자리에서 발을 굴렀다.

"고1에 사춘기면 좀 늦은 거 아냐? 아름이는 워낙 수월히 넘겨 잘 모르겠네."

"아빠도 엄마랑 똑같아. 이 집에서 내 생각해 주는 사람은 아무도 없어! 맨날 진아름, 진아름. 기승전 진아름이지!"

초록은 아빠를 휙 지나쳐 방으로 들어가더니 백팩을 챙겨 들고 바로 나왔다.

"진초록, 도시락 가져가."

엄마가 도시락 가방을 들고 현관으로 쫓아 나갔지만, 초록은 들은 체도 않고 문을 쾅 닫으며 나가 버렸다.

"제가 갖고 갈게요."

아름이 뒤따라 나오며 말했다.

"그럴래?"

"엄마, 초록이는 그냥 급식 먹게 하면 안 돼요?"

"신경 쓰지 마. 괜히 심통 부리는 거야."

아빠가 아름의 목덜미와 손목 안쪽을 찬찬히 살폈다.

"다행히 발진이 번지진 않았네. 잠은 잘 잤어?"

아름이 미소 지으며 고개를 끄덕였다.

"철없어도 동생이니까. 아름이가 동생 좀 봐줘라."

"다녀오겠습니다."

아름은 엄마가 건네준 도시락 가방을 양손에 하나씩 들고 서

둘러 현관을 나섰다. 초록은 보이지 않았고 엘리베이터는 이미 1층에 내려가 있었다. 아름은 손에 든 초록의 도시락 가방을 보며 한숨을 내쉬었다. 엄마한테는 차마 말할 수 없다. 초록이 고1이 되고서 한 번도 이 도시락을 먹은 적이 없다는 걸.

초록은 2층 계단을 터덜터덜 걸어 올라갔다. 등교가 일러서 학교는 조용했다. 이렇게 일찍 등교하기는 입학하고 처음이었다. 이게 다 진아름 때문이야. 진아름도 엄마도 아빠도 다 마음에 안 들어. 초록은 투덜거리며 도서실로 향했다.

초록이 도서실을 드나들게 된 건 교내 동아리 활동 때문이었다. 학년별로 다양한 동아리 활동을 하는데 첫 학급 시간에 신청을 받았다. 하필이면 그날 초록은 감기가 심해 학교를 못 갔고 반 아이들이 신청하고 남은 빈자리에 들어갈 수밖에 없었다. 그렇게 해서 들어간 동아리가 바로 인문학 독서 동아리였다. 인문학과 독서. 떼 놓아도 마음에 들지 않았고 붙여 놓으니 더 재미없었다. 독서 동아리니 당연히 모임은 도서실에서 이루어졌다. 그렇게 해서 드나들게 된 도서실이었는데 초록은 의외로 도서실이 점점 마음에 들었다. 초록은 종이책보다 웹소설을 더 좋아했다. 도서실 이용자가 거의 없어 누구의 방해도 없이 혼자 있기 좋았고 종이책은 아니었지만 웹소설 읽는 것도 독서라고 본다면 도서실에서 읽는 것도 나쁘지 않겠다는 생각이 들었다. 비치

된 독서대에 휴대폰을 세워 놓으면 들고 있지 않아도 돼 팔도 아프지 않았고 두 손도 자유로웠다. 무선 이어폰을 끼고 좋아하는 가수의 노래를 들으며 읽는 웹소설은 찐 행복이었다.

도서실 문을 반쯤 열다 말고 초록은 인상을 썼다. 아무도 없을 줄 알았는데 누군가 있었다. 긴 생머리가 먼저 보였다. 허리까지 내려온 긴 머리카락이 움직일 때마다 물결치듯 찰랑거렸다. 긴 머리 아이는 초록이 좋아하는 서가 안쪽 책상에 앉아 뭔가를 열심히 쓰고 있었다. 무심히 지나친 초록이 건너편 책상으로 가 등을 지고 막 앉으려는데 이름을 부르는 소리가 들렸다.

"안녕, 초록!"

놀란 초록이 고개를 홱 돌렸다.

"깜짝이야!"

긴 머리 아이가 보드 마커를 쥔 손을 들어 보이며 초록을 향해 웃었다.

"오리진?"

보드 마커를 내려놓은 리진이 익숙한 손놀림으로 긴 머리를 빗어 모은 뒤 하나로 묶었다. 목덜미의 솜털이 아침 햇살에 반짝거렸다. 좋은 샴푸 향이 은은하게 퍼졌다. 로맨스 소설의 한 장면 같았다.

"여학생인 줄 알았잖아."

"왜? 나는 네 커트 머리 이상하게 여긴 적 없는데. 까치집 지었다고 놀린 적도 없고."

리진이 손가락으로 초록의 정수리를 가리켰다. 흠칫 놀란 초록이 머리 위 까치집을 찾으려고 눈을 치켜뜨자 리진이 휴대폰 카메라를 열어 거울 대신 보여 주었다. 한껏 뻗친 정수리의 머리카락이 정말 새집처럼 보였다. 초록은 두 손으로 허겁지겁 뻗친 머리를 쓸어내렸다. 리진이 키득대며 웃었다.

"웃지 마!"

초록이 머리에 두 손을 올린 채 쏘아붙였다.

"이제 됐어. 까치 이사 갔어."

"헐."

초록은 새침한 표정으로 이어폰을 귀에 꽂으며 웹소설 앱을 열었다. 초록이 두 손을 모으며 소리 없이 환호했다. 좋아하는 웹소설이 막 업로드되어 있었다. 통합 랭킹도 30위나 올라서 초록은 제 일처럼 기뻤다. 최신 회차를 클릭하자 상큼하고 발랄한 색감의 표지가 떴다. 왕자 휘와 기미나인 시내가 마주 보고 선 수채화풍 일러스트가 눈에 쏙 들어왔다. 지난 이야기는 입병이 난 기미상궁 대신 기미나인인 시내가 왕자의 수라를 기미하려는 장면에서 끝이 났었다. 휘와 시내의 본격 썸이 시작될 차례였다. 젓가락을 든 시내는 과연 어떤 음식부터 먹을 것인가? 초록은 자신이 시내라도 된 것처럼 심장이 두근거렸다.

"초록이 너도 이거 봐?"

허리를 숙인 리진이 초록의 어깨너머로 휴대폰을 들여다보았다.

"야!"

초록이 손바닥으로 휴대폰을 덮으며 소리를 질렀다.

"야! 누가 남의 폰 함부로 훔쳐보래!"

"훔쳐보긴 누가? 그냥 보이는데. 알았어, 알았어. 안 볼게."

리진이 진정하라는 듯 두 손을 들어 보였다.

"내 이름은 오리진인데…… 야가 아니고."

중얼거리며 자리로 돌아가는 리진을 초록은 씩씩대며 흘겨보았다. 리진은 화이트보드에 글을 마저 쓰기 시작했다. 오늘은 월요일이었다. 리진이 뭘 쓰고 있는지 초록은 보지 않고도 알았다. 점심시간이 되면 급식실 앞에서 보게 될 거라 궁금하지도 않았다. 리진이 입학 후 매일, 점심시간에 한 번도 빠지지 않고 해온 일이었다. 초록은 손바닥으로 정수리를 누르며 리진의 긴 머리를 보았다. 머리는 왜 기르는 거야? 감기만 힘들지. 그것도 남자애가. …… 혹시? 초록의 두 눈이 점점 작아지더니 실눈이 되었다. 긴 머리는 세 가닥으로 땋아 댕기로 묶어도 잘 어울릴 것 같았다. 젠더 정체성이? 제풀에 놀란 초록이 고개를 강하게 흔들며 휴대폰으로 시선을 돌렸다.

왕자 휘가 처음으로 시내에게 말을 걸며 이야기는 시작되었다.

비건 기미나인 송시내 #1

글 도투락댕기

"가까이 오라."

왕자 휘가 말했다. 목소리는 낮고 차분했다. 김 상궁이 시내에게 눈짓을 보냈다. 두 손을 앞으로 포개 모은 공손한 자세로 시내는 휘 가까이로 몇 걸음 옮겼다.

"이름이 무엇이냐?"

"송시내입니다."

"몇 살이지?"

"열일곱입니다."

"동갑이 또 있구나."

휘가 반가운 얼굴로 옆에 선 내관 녹두를 보았다. 녹두는 고개를 조아리며 시내를 힐끔 쳐다보았다.

"편히 앉거라."

수라상을 가운데 두고 시내와 휘는 마주 앉았다.

"기미해 본 적은 있느냐?"

"없습니다."

"김 상궁이 헛바늘이 돋아 고생 중이라니, 네가 대신 기미를 해 보겠느냐?"

시내는 은접시에 상아 젓가락을 받쳐 들고 상에 오른 음식을 하나씩 살펴보았다. 쌀밥· 소고기미역국, 너비아니, 오징어파강회, 도토리묵, 고기완자. 차려진 음식은 모두 먹음직스러웠다. 녹두가 너비아니에서 눈을 떼지 못하고 침만 꼴깍 삼켰다. 하지만 시내가 은접시에 담은 음식은 도토리묵뿐이었다. 휘는 도토리묵을 먹는 시내를 지그시 바라보았다. 씹을 때마다 한쪽 볼이 볼록거렸다.

"꼭 다람쥐같이 먹는구나. 그래, 맛이 어떠니?"

도토리묵을 꼭꼭 씹어 삼킨 시내가 입을 열었다.

"맛있습니다. 그러나 퍽 마음이 쓰이는 맛입니다."

"기미를 보랬더니 무슨 헛소리냐? 도토리는 원래 쓴맛이 난다."

녹두가 시내를 나무랐다.

"마음이 쓰인다는 게 무슨 뜻이지?"

"저는 다람쥐의 마음으로 도토리묵을 먹었습니다. 이 도토리가 없어서 지난겨울을 굶으며 어렵게 보냈을 다람쥐들을 생각했습니다."

휘의 물음에 시내가 조근조근히 대답했다.

"송 나인!"

김 상궁이 한 걸음 나서며 엄한 목소리로 시내를 불렀다. 휘가 손을 들어 김 상궁을 물러서게 했다.

"계속 말해 보거라."

"이 도토리묵은 떫고 쓰고 고소한 맛이 되직한 질감과 어우러져 입안 가득 늦가을이 들어차는 맛입니다. 도토리에서 나는 흙내, 바람 내음, 나무 내음이 한데 섞여 맛이 아주 일품입니다. 양념장이 없어도 전혀 심심하지 않은 맛입니다."

"맛에 대한 평이 아주 훌륭하구나. 그래? 그래서 도토리묵에는 독이 든 거 같으냐?"

시내는 바로 대답하지 않았다.

"얼른 대답하거라."

김 상궁이 시내를 재촉했다.

"독이 있습니다."

녹두와 김 상궁이 화들짝 놀라 시내의 얼굴부터 살폈다. 독을 먹은 사람이라기엔 시내의 혈색은 너무 좋았다. 김 상궁이 시내의 손에 들린 은접시를 살폈지만, 독으로 인한 변색은 없었다.

"도토리는 껍질이 두껍고 떫고 쓴 맛이 납니다. 가을에 떨어진 도토리를 그대로 두면 낙엽 밑에서 겨울을 난 뒤 이듬해 새싹으로 나오겠지요. 산과 들에 사는 멧돼지나 산새들의 겨울나기 식량으로 귀히 쓰이기도 하고요. 그런데 가을이면 사람들은 산에 올라가 도토리를 싹쓸이하다시피 가져와 두들겨 부수고 물에 불려 억지로 떫은맛을 빼서 묵으로 쑤어 먹습니다. 독이 있다는 말은 제가 먹은 도토리둘이 어느 다람쥐의 몫을 다 뺏은 건 아닐까 하는 생각에 제 마음이 씁쓸하다는 뜻입니다."

기미를 맡긴 김 상궁은 안절부절못했지만, 시내의 표정은 평온했다. 휘는 시내의 이야기를 귀 기울여 들었다.

"백성들도 겨울에 먹을 게 없어 그런 것 아니겠느냐?"

"그렇겠지요. 그렇다면 백성이 겨울에 다람쥐보다 먹을 게 적은 이유는 무엇 때문인지요? 가난한 백성이 버곯지 않게 두루 살피는 건 누구의 일인지요?"

사색이 된 녹두가 어찌할 바를 몰랐다.

"무엄하다. 어디 감히 왕자마마 앞에서. 헛소리 말고 마저 기미나 끝내거라. 마마 허기지신다."

녹두가 다시 다그쳤지만, 시내는 고개를 가로저었다.

"더는 기미가 어렵습니다."

"도토리묵 빼곤 손도 대지 않았잖느냐. 마마는 기미한 음식만 드실 수 있다는 걸 모르느냐?"

녹두가 발르 바닥을 탁 구르며 목소리를 높였다. 휘, 시내와 동갑이었지만 작은 키에 도동포동한 몸, 보조개 들어간 귀염상의 얼굴이 제 나이보다 적어 보였다.

"목숨이 두 개라도 되는 것이냐?"

"사람 목숨 뺏는 걸 그리 쉽게 말하다니. 분명 네 생각이렷다."

"기미나인이 기미를 안 하는 게 죄가 아니면 무엇이냐?"

"장차 왕이 될 훌륭한 분이라면 사람 목숨을 파리 목숨처럼 여기지는 않을 것이다."

시내가 녹두의 말을 맞받아쳤다. 붉게 달아오른 얼굴로 씩씩거리는 녹두와 달리 시내의 말투는 몹시 차분했다.

"기미를 피하는 사정부터 물어보실 게다."

말아 문 두 입술에서 단단한 고집이 느껴졌다.

"마마, 제가 마저 기미를 보겠나이다."

보다 못한 김 상궁이 시내의 손에 들린 젓가락을 가져가며 말했다.

"됐다. 김 상궁을 괴롭히면서까지 먹고 싶은 생각은 없어."

휘는 시내의 두 새끼손가락을 보았다. 손톱에 노을빛 꽃물이 들어 있었다.

"그래. 물어보마. 기미를 못 하겠다는 이유가 무엇이냐."

좀 전의 당돌한 모습과 달리 시내가 얼른 입을 열지 않았다. 붉어진 눈자위가 보였지만 휘는 못 본 척했다.

"청산유수더니 갑자기 꿀떡을 먹었느냐? 마마께서 묻지 않느냐? 얼른 답을 해."

녹두가 답을 재촉했다.

"대답하겠습니다."

녹두와 김 상궁의 시선이 시내에게로 쏠렸다. 마침내 시내가 결심한 듯 고개를 들고는 휘와 눈을 맞췄다. 그리고 말했다.

"저는 비건입니다. 고기를 먹지 않습니다."

들깨 드레싱 채소 샐러드

"어땠어?"

초록을 따라잡은 리진이 보폭을 맞춰 걸으며 뜬금없는 질문을 던졌다.

4교시 마치고 급식실로 가는 길이었다.

"뭐가?"

초록의 대답이 시큰둥하자 리진이 더 가까이 붙으며 속삭였다.

"송시내가 비건이라고 말하는 장면 말이야. 설정이 너무 튀지 않아?"

걸음을 멈춘 초록이 리진을 향해 돌아섰다.

"뭐가 문젠데?"

"조선 시대에 비건이라니. 말이 돼? 좀 웃기지 않아?"

"뭐가 웃기는데? 도투락댕기의 주특기가 시공간을 초월한 참신한 발상과 과감한 설정인 거 몰라? 판타지 유니버스나 SF 장르의 세계관을 감당 못 하는 사람들이 꼭 비현실적이라며 트집부터 잡더라. '소설은 어차피 작위적이다. 그러니 자기적으로 읽자.' 작가의 말에 나와 있잖아."

"정말 도투락댕기의 찐 팬이구나."

리진이 배시시 웃었다. 웃을 때마다 반달눈이 되며 눈꼬리가 처지는 게 딱 강아지 상이었다. 얄미워하기도 어려운 얼굴이었다.

"아까 그거?"

초록이 리진의 손에 들린 피켓을 가리켰다.

"너도 참 대단하다. 매일 점심시간마다. 하지 말라고 학교에서 몇 번이나 말했었다며. TJ야? 따지는 것도 계획적이다."

"FJ. 공감하고 계획하지."

"잘한다는 사람 하나 없는데도 지치지 않는 거 보면 칭찬받고 싶어서는 아닌 거잖아. 드대체 왜? 이유가 뭐야?"

"궁금해?"

리진이 눈을 깐짝이며 초록을 보았다. 리진의 머리 위로 솟은 피켓이 와이파이 사인처럼 보였다. 리진이 움직일 때마다 따라 흔들리는 피켓을 보며 초록은 리진이 찾고 있는 세상의 신호가 뭔지 궁금해졌다.

"급식 시작했겠다. 먼저 갈게."

리진이 피켓을 든 두 팔을 번쩍 들고 학생들 사이를 헤치며 급식실을 향해 바삐 걸었다. 하나로 묶은 머리가 경쾌하게 흔들렸다. 피켓을 본 학생들이 리진의 등을 향해 목소리를 높였다.

"고기고기고기! 우리의 소원은 고기!"

"인권 침해!"

"오리진 쓰리 아웃!"

급식실에서는 벌써 배식이 시작되어 수저와 식판을 든 학생들이 학년 구분 없이 긴 줄을 이루고 있었다.

동네에 새 아파트 단지가 들어서며 신설된 고등학교로 학생이 분산되면서 초록이 다니는 고등학교의 학급과 학생 수가 많이 줄었다. 그런 이유로, 원래는 학년별로 나누어 먹던 급식을 초록이 입학한 올해부터는 전 학년이 자유롭게 급식할 수 있게 되었다. 선후배가 함께 밥을 먹으며 자연스럽게 어울리고 친해지는 시간이 된다는 긍정적인 반응이 많아서 학교에서도 학생들의 급식 순서에 별다른 규제를 두지 않았다. 골칫거리라면 매일 급식실 입구에서 피켓 캠페인을 하는 오리진이었다.

초록은 급식실 밖까지 길게 이어진 줄의 맨 뒤에 붙어 서며 고개를 빼고 앞쪽을 살폈다. 리진이 보였다. 리진은 학생들이 드나드는 문 앞에 서서 도서실에서 만든 피켓을 들고 있었다.

배식 줄을 따라 움직이는 학생 대부분은 리진을 흘낏 쳐다만 볼 뿐 큰 관심을 두지 않았다. 관심을 보이는 학생들은 두 갈래로 나뉘었다. 지지하며 관심을 보이는 기린 부족, 그리고 반대하며 못마땅해하는 사자 부족이었다.

줄 밖으로 뚜벅뚜벅 걸어 나간 1학년 최민영이 리진 앞으로 가더니 우뚝 섰다. 그리고 수저를 든 손으로 피켓을 가리키며 큰 소리로 읽었다.

> **일주일 중 하루면 세계를 변화시킬 수 있어요.**
> Meat Free Monday
> **고기 없는 월요일**

"놉! 안 돼!"
"싫어! 무슨 소리!"

학생들 몇몇이 수저로 식판을 두드리며 외쳤다. 민영이 리진을 향해 두 손과 어깨를 으쓱 들어 보였다. 리진은 익숙한 듯 별다른 반응을 보이지 않았다. 피켓 캠페인은 입학하던 3월부터 두 달이 지난 지금까지, 급식이 있는 날이면 빠지지 않고 리진이 해 온 일이었다.

"근데 왜 월요일인 거야?"

누군가 던진 질문에 리진의 눈이 반짝 빛났다. 피켓이 뱅그르르 돌아갔다. 리진은 질문이 날아온 쪽을 향해 피켓의 뒷면을 내보였다. 시선이 일제히 피켓으로 쏠렸다.

#영국 팝 밴드 비틀스의 멤버-폴 매카트니
#공장식 축산업에 고통받는 동물, 지구온난화를 비롯한 환경 문제
#일주일 중 최소한 하루는 채식!
#고기 없는 월요일 캠페인

"월요일?"

바로 뒤에 선 같은 반 민지가 말끝을 올리며 초록을 툭 쳤다. 초록과 민지는 BTS의 광팬이었고 특히 정국을 좋아했다. 민지가 발끝을 까닥이며 정국의 노래 'SEVEN'을 흥얼거리자 줄 속의 아미들이 따라 부르며 소리를 키웠다. 리진이 피켓을 위아래로 흔들며 노래에 흥을 돋웠다. 브레이크 댄서가 꿈인 중학교 동창 현호가 스텝을 밟으며 노래에 맞춰 춤을 추었다. 민지와 아미들이 소리 높여 환호하자 신이 난 현호는 한 팔로 바닥을 짚고 몸을 거꾸로 세워 숫자 7을 만드는 고난도 동작까지 해 보였다.

"그만, 그만! 급식에 먼지 들어가겠다."

배식구 안쪽에서 상체만 내민 영양사 선생님이 그만하라고 팔을 내저었다. 동작을 멈춘 현호가 가쁜 숨을 고르며 줄 속으로 돌아갔다.

"다 먹을 수 있어? 우리 아미들은 잔반 따윈 만들지 않는단다."

젊은 영양사 선생님의 센스 있는 말에 소시지볶음을 더 달라고 조르던 학생들이 네네 하며 물러났다.

　콩밥, 과일찹쌀탕수육, 부추김치, 소시지볶음, 들깨 드레싱 채소 샐러드. 오늘의 급식 메뉴였다. 초록은 식판과 후식으로 받은 감귤주스, 초콜릿 쿠키를 들고 빈자리로 가 앉았다. 민지가 옆에 앉으며 밥 대신 쿠키부터 입에 넣었다. 민지의 식판에는 탕수육과 들깨 드레싱 채소 샐러드뿐이었다.

　"밥은?"

　"다이어트 중.'

　초록이 민지의 손에서 쿠키를 뺏으려 하자 민지가 남은 조각을 입에 쏙 집어넣고는 초록의 쿠키까지 가져가 버렸다. 초록은 어이없는 표정을 지으며 탕수육 하나를 집어 들었다. 그때 맞은편 자리에 놓인 도시락 두 개가 보였다. 초록은 눈을 치뜨며 진아름을 올려다보았다. 자리에 앉은 아름이 도시락 하나를 꺼내 초록의 식판 옆으로 밀어 주었다.

　"진아름, 너나 많이 먹어."

　초록은 도시락을 아름 쪽으로 도로 밀어 놓고 보란 듯이 탕수육 한 조각을 입에 넣었다.

　"집에서 누구 땜에 못 먹는 고기, 학교에서 먹으니 힘이 나네."

　"용돈 털어 급식비로 다 쓸 거야? 도시락은 손도 안 대고. 엄마가 새벽마다 도시락 싸느라 애쓰는 거 잘 알면서."

　아름이 뚜껑을 연 도시락을 다시 초록 앞으로 밀어 주었다.

"어머, 양배추롤이네. 맛있겠다."

민지가 해맑게 말하며 끼어들었다. 타원형의 도시락 안에는 양배추롤과 두부조림, 오이초무침, 방울토마토 몇 개가 보기 좋게 담겨 있었다. 초록이 도시락을 민지 쪽으로 밀어 버렸다.

"많이 먹어. 양배추가 다이어트에 좋잖아."

"언니는 급식 안 해요?"

"우리 언니는 입이 고급이라 급식 못 먹어."

초록의 비아냥에도 아름은 싫은 티를 내지 않았다. 반듯이 앉아 묵묵히 제 몫의 도시락을 먹었다. 민지가 아름과 초록의 신경전을 지켜보며 양배추롤을 하나씩 집어 먹었다.

"진아름?"

고무줄처럼 늘어지는 말꼬리와 달리 말투는 냉랭했다. 초록은 탕수육을 우물거리다 말고 휙 돌아보았다. 2학년 김다운이었다. 다운은 아름과 같은 중학교를 졸업한 동창으로 지난겨울까지 아름, 다운은 둘도 없는 절친이었다.

"급식실에 진아름이라니 흥미롭네."

다운의 말이 삐딱했다.

"도시락은 교실에서 먹어야지. 급식실은 뭐든 안 가리고 골고루 잘 먹는 학생들만 들어오는 곳이야."

"초록이 도시락 주려고 왔다가 같이 먹는 거예요."

민지가 도시락을 가리키며 말했다.

"들깨 드레싱이잖아."

다운이 초록의 식판에 담긴 들깨 드레싱 채소 샐러드를 가리켰다.

"깨 한 알 먹고도 기절하잖아. 초 예민하잖아. 안 그래, 진아름?"

근처 테이블에서 밥을 먹던 학생들이 다운의 높아진 목소리에 돌아보았다.

"그만해."

초록이 탁자 위로 젓가락을 내려놓으며 말했다.

"잘못 먹었다가 무슨 일이라도 생기면 어쩌려고. 이번엔 누구를 억울하게 만들려고?"

다운의 말이 끝나기가 무섭게 초록이 탁자를 탁 치며 일어섰다. 초록은 두 입술을 꽉 깨문 채 다운을 쏘아보았다.

"다운 언니도 봤잖아, 진아름 죽을 뻔한 거."

죽음이란 말에 주위 분위기가 술렁였다. 영문을 모르는 학생들이 서로 눈빛을 주고받으며 눈치를 살폈다.

"초록아, 다운아. 그만해. 내가 나갈게."

아름이 반 넘게 남은 도시락의 뚜껑을 서둘러 닫으며 일어섰다. 허둥대며 돌아서는 바람에 아름이 들고 있던 도시락 가방이 초록의 식판을 쳤고, 와장창 소리와 함께 뒤집혀 떨어진 식판이 바닥에 나뒹굴었다. 급식실의 많은 시선이 화살처럼 날아와 아름에게 박혔다. 과녁이 된 아름은 그 자리에 서서 꼼짝하지 않았다. 목덜미와 귀 뒤, 손목 안쪽. 살이 접히는 곳곳이 붉었다. 엎지른 탕수육과 부추, 소시지로 바닥은 엉망이었다. 바닥에서 아름의 발치로 시선을 옮기던 초록이 화들짝 놀라며 쪼그려 앉았다. 그러고는 맨손으로 아름의 발목에 튄 양념을 다급하게 닦아 냈다. 갑작스러운 상황에 놀라긴 다운도 마찬가지였다. 두어 걸음 물러선 다운의 얼굴이 하얗게 질려 있었다. 아름의 신발과 발목, 초록의 손에 묻은 들깨 드레싱 때문에 고소한 냄새가 진동했다. 더러워진 손을 조끼 앞자락에 대충 문질러 닦은 초록이 급한 대로 셔츠 소맷단까지 당겨 쓰려는데 누군가 초록의 손목을 잡았다. 오리진이었다. 리진은 초록을 일으켜 세우고는 떠넘기듯 피켓을 맡겼다.

"여기."

민지가 급히 빌려 온 물티슈를 리진에게 내밀었다. 리진은 손을 들어 사양하고는 바지 주머니에서 손수건을 꺼냈다. 한쪽 무릎을 세우고 앉은 리진이 손수건으로 아름의 발목에 묻은 들깨 드레싱을 조심스럽게 닦아 냈다.

"물티슈가 더 편하잖아. 자."

"괜찮아. 손수건이면 충분해."

민지가 물티슈를 다시 내밀었지만 리진은 손수건으로 아름의 신발까지 마저 닦아 낸 후 일어섰다. 민지의 손에서 물티슈를 가져간 리진이 모두가 볼 수 있게 높이 들었다.

"물티슈는 플라스틱이야."

"무슨 소리야? 물티슈, 말 그대로 티슈잖아. 종이."

뒤쪽에서 누군가 말했다.

"물티슈는 종이가 아냐. 미세 플라스틱이야. 정확하게 말하면 폴리에스테르. 누구나 쉽게 쓰지만, 물티슈가 분해되는 데 걸리는 시간은 무려 500년이야."

리진이 한 손을 쫙 펼쳐 보였다.

"미세 플라스틱이 흙이나 바다에 들어가면 심각한 환경오염을 일으키게 돼."

생뚱맞은 리진의 연설에 자분해진 학생들이 고개를 저으며 제자리로 돌아갔다.

"누나. 이걸로 마저 닦으세요."

리진이 아름의 손에 손수건을 쥐여 주었다.

"진초록. 나 배식받을 동안 피켓 좀 지켜 주라."

리진이 손을 가볍게 들어 보이곤 배식구 쪽으로 걸어갔다. 초록은 피켓을 머리 위로 든 채 리진을 바라보았다. 윤기 흐르는 머릿결 때문인지 리진의 뒷모습이 더욱 밝게 빛났다.

비건 기미나인 송시내 #2

글 도투락댕기

"비건이 무엇이냐?"

휘가 물었다. 상을 물린 휘는 시내만 남게 하고 모두 처소에서 내보냈다.

"나는 처음 듣는 말이다."

시내가 방 한쪽의 서탁을 보았다. 서탁에는 붓과 벼루, 서진, 화선지가 놓여 있었다. 벼루에는 곱게 갈린 먹이 담겨 있었다. 붓글씨를 즐기는 휘를 위해 녹두가 열심히 갈아 둔 먹이었다. 시내는 숨을 깊게 들이쉬었다. 오랜만에 맡는 묵향이었다. 오빠와 함께 아버지에게 글을 배울 때 매일 갈던 먹이었다. 시내는 글쓰기보다 먹 가는 걸 더 좋아했다. 먹을 갈고 처음 배워 쓴 글자는 '시내'였다.

'바다는 강에서 오고 강은 시내에서 오고 시내는 산속 샘에서 온단다. 샘은 언제나 맑게 솟아오르는 물이야. 그 샘에서 넘쳐흐른 물이 시내가 되는 거지. 아버지는 네가 세상에서 가장 깨끗한 물이 되었으면 좋겠구나. 잘 흘러 강이 되면 많은 이를 풍족하게 할 수 있단다. 세상에 이로운 사람이 되거라.'

아버지는 삼 남매에게 산, 시내, 강이란 이름을 지어 주었다. 송산, 송시내, 송강.

시내는 시큰해진 콧등을 손가락으로 눌렀다. 샘처럼 고이는 눈물을 들키고 싶지 않아 시내는 부러 눈에 힘을 주며 똑 브러지게 말했다.

"묵향이 진합니다."

휘가 벼루를 살피니 먹이 거의 말라 있었다.

"글을 쓸 줄 아는가 보구나. 써 보겠느냐?"

시내가 고개를 끄덕이자 휘가 서탁을 당겨 시내 앞으로 밀어 주었다. 시내는 당겨 모은 치맛자락을 버선발로 지그시 누르며 서탁 가까이 다가앉았다. 벼루에 걸친 붓을 들어 붓끝에 먹을 먹인 후 돌려 가며 붓을 다듬었다. 휘도 서탁 가까이 다가앉았다. 작은 서탁을 사이에 두고 둘의 머리가 맞닿을 정도로 가까웠다. 시내가 손으로 화선지를 쓸어내리자 휘가 용 문양이 들어간 서진으로 종이를 눌러 주었다. 시내는 종이 위로 붓을 세워 들고는 잠시 숨을 골랐다.

종이 위로 내려앉은 붓이 천천히 움직이기 시작했다. 획과 획의 연결이 물이 흐르듯 부드러웠고 세로획과 가로획의 조합은 치우침 없이 굳건했다. 어깨너머 배운 실력이 아니었다. 휘는 탄복했다. 시내가 붓을 벼루에 내려놓고는 휘 앞으로 종이를 돌려놓았다. 휘가 종이를 들어 글씨를 찬찬히 들여다보았다.

비건(備健)

"갖출 비 튼튼할 건, 비건입니다."
"궁 밖에서 흔히 쓰는 말이냐?"
"아닙니다. 제가 지어낸 말입니다. 파자 놀이지요."
"글자를 나누거나 합치며 뜻을 전하는 놀이 말이냐?"
시내가 고개를 끄덕였다.
"비와 건, 두 한자에는 모두 사람(人)이 들어 있습니다. 글자가 생겨난 유래를 살피면 갖출 비는 화살이 담긴 통을 가진 사람, 튼튼할 건은 길을 잘 세운 사람의 뜻을 가지고 있지요. 사람으로서 잘 갖추고 바로 선다는 의미입니다. 사람됨이란 몸의 됨과 마음의 됨 모두를 말합니다."
시내의 대답에는 막힘이 없었다. 한자에 대한 지식과 해석까지. 휘는 한 번 더 놀랐다.
"그런데 고기를 안 먹는 것과 비건이 무슨 상관이지? 고기를 먹어야 몸이든 마음이든 기운이 나지 않겠느냐? 너는 타고나기를 고기를 못 먹느냐?"

"먹을 줄 압니다. 제 선택으로 멀리할 뿐입니다. 비견은 제 의지를 담아 지은 말입니다."

"궁에 들어온 지 얼마나 되었느냐?"

"두 해 지났습니다."

"부모는 무슨 일을 하느냐?"

"아버지는 목수였는데 오래전에 돌아가셨고 어머니는 지체 높은 양반집의 유모 일을 했습니다."

시내는 휘에게 솔직하게 말하지 않았다. 하지만 거짓말도 아니었다. 유모는 시내의 젖어미이자 멸문지화 속에서 목숨을 걸고 자신을 지켜 준 생명의 은인이었다.

"글은 누구에게 배웠느냐?"

"……."

시내는 입을 다물었다. 휘도 더는 캐묻지 않았다. 행동이 무겁고 말수가 적은 휘는 매사 침착했다. 내관과 궁녀를 아랫사람으로 함부로 대하지 않았다. 휘는 왕자였지만 중전이 낳은 적자는 아니었다. 왕인 아버지와 바느질 일을 하던 궁녀 출신의 어머니 사이에서 태어난 서자였다. 왕은 자식이 적었다. 중전과의 사이에는 자식이 아예 없었다. 휘의 어머니, 경빈 고 씨가 낳은 휘와 누이인 윤혜옹주 그리고 소의 김 씨가 낳은 왕자 연까지 2남 1녀가 전부였다. 소의 김 씨는 왕의 기미상궁으로 일하다 승은을 입어 왕자 연을 낳았다. 휘와 연은 동갑이었다.

궁에서의 왕자 휘는 누구보다 존귀하면서도 그런 이유로 가장 위태로웠다. 왕이 다음 왕위에 오를 세자 책봉을 차일피일 미루고 있기 때문이었다. 하루라도 빨리 세자를 정해 왕권을 강화해야 한다는 신하들의 독촉을 못 이긴 왕이 마침내 다음 왕이 될 세자를 지명하기로 결심했다. 그날은 왕자 휘와 왕자 연의 17세 생일이 지난 다음 달 보름이었다. 신하들은 두 갈래로 나뉘어 서로 자신이 미는 왕자를 세자로 만들기 위해 애를 썼다. 중전 다음으로 높은 내명부 품계를 가진 경빈 고 씨가 낳은 왕자 휘와 품계는 아래지만 왕의 총애를 받는 소의 김 씨가 낳은 왕자 연, 두 왕자를 내세운 두 세력의 기싸움은 팽팽했다. 자신이 미는 왕자가 왕이 되지 않는다면 출세는커녕 언제 무슨 일로 역적으로 몰려 목숨까지 잃을지도 모를 일이었다. 한 하늘 아래 두 해가 떠 있었다. 해 하나는 반드시 어둠 속으로 사라져야 했다. 그 태풍 한가운데에 왕자 휘가 태풍의 눈처럼 고요히 놓여 있었다. 시내는 바람 앞의 촛불 같은 자신의 운명에 일부러 담담한 척하는 휘가 오히려 안쓰럽기도 했다.

"시내야."

시내는 생각을 떨쳐내며 휘를 보았다. 휘가 자신을 송 나인이 아닌 시내로 부르고 있었다.

"다른 데서는 비건이란 말 쓰지 말거라. 악담의 꼬투리로 삼을 수도 있어."

"명심하겠습니다."

"요즘 부쩍 입맛이 없어. 억지로 먹으려니 그것마저 괴롭구나. 근데 네가 다람쥐와 도토리묵 이야기를 하니 밥상 앞이 걸 지겹더구나."

"제가 고기를 먹지 않는 데는…… 사연이 있습니다."

"그 이유를 물어봐도 되느냐?"

"……."

먹구름이 드리운 듯 시내의 얼굴이 어두워졌다.

"괜찮다. 말하지 않아도 돼."

시내는 두 손으로 바닥을 짚고 고개를 숙여 감사를 표했다.

"그거 말이다."

휘가 시내의 손을 가리켰다.

"손끝에 꽃이 피었구나."

시내가 제 손을 내려다보았다. 새끼손가락 끝이 진주황빛으로 물들어 있었다.

"봉숭아 꽃물을 들인 것입니다. 꽃잎을 다져 손톱에 올려 두면 이렇게 예쁜 꽃물이 듭니다."

"곱구나. 좋아하느냐?"

시내가 고개를 내저었다.

"봉숭아 꽃물에 얽힌 예쁜 이야기를 듣고 재미 삼아 처음 들여 보았습니다."

"예쁜 이야기?"

"그게…… 새끼손톱에 들인 봉숭아 꽃물이 그해 겨울 첫눈 올 때까지 남아 있으면……."

시내가 두 입술을 동그랗게 말며 말끝을 흐렸다. 꽃물처럼 양 볼이 발갛게 물들었다.

"첫눈 올 때까지 남아 있으면?"

"…… 이루어진다고."

시내가 치맛자락 사이로 두 손을 숨겼다.

"뭐가?"

"…… 사랑."

"아, 그래……."

휘의 볼도 덩달아 물들고 말았다.

두부 과자 카나페

초록은 빨간불이 들어온 건널목 앞에서 걸음을 멈추며 교복 주머니에 두 손을 푹 찔러 넣었다. 수학 학원을 마치고 집으로 가는 길이었다. 사거리여서 파란불로 바뀌려면 한참 기다려야 했다. 초록은 가방을 고쳐 메며 빙그르르 몸을 돌렸다. 편의점과 안경원, 양념갈비 식당이 차례대로 보였다. 간판에 그려진 돼지 한 마리가 빨간 리본을 머리에 단 채 활짝 웃고 있었다. 맛있다고 소문이 난 동네 맛집이었지만 초록이네 가족은 한 번도 간 적이 없었다. 제자리로 돌아오던 초록의 발이 브레이크가 걸린 듯 멈췄다. 편의점 유리 너머 다운이 보였다. 주황색 앞치마를 입은 다운이 창가의 테이블을 열심히 닦고 있었다.

다운은 3년 전부터 학교 옆 편의점에서 아르바이트를 시작했다. 다운에게는 네 살 어린 남동생 다훈이 있다. 어려서부터 태권도를 배운 다훈이는 대회에 나가기만 하면 상을 받을 만큼 실력이 뛰어났지만 급성 백혈병에 걸려 병원에 입원하게 되었다. 작은 손 세차장을 운영하는 부모님의 벌이만으로는 치료비를 감당하기 어려웠다. 다운은 취직인허증을 프린트해 학교로 가져갔다. 15세 미만의 중학생이 일을 하려면 학교장과 부모님의 사인이 들어간 취직인허증이 있어야 한다는 편의점 사장님의 말 때문이었다. 다운은 편의점 아르바이트로 번 돈을 고스란히 동생의 병원비에 보탰다. 아르바이트 중에 컵라면을 하나씩 먹을 수 있고, 소비 기한을 넘겨 판매할 수 없게 된 상품은 가져가도 되니 간식비도 아낄 수 있어 일석삼조라고 다운이 말했었다. 3년 동안 성실하게 일한 다운을 편의점 사장님도 몹시 든든히 여겼다.

다시 보행 신호가 들어왔지만, 초록은 길을 건너지 않고 몸을 돌려 편의점 문을 열었다. "어서 오세요." 하고 반갑게 인사하던 다운의 얼굴이 굳어졌다. 초록은 상관없다는 듯 냉장식품 코너로 걸어가서는 핫바 하나를 집었다. 계산대로 돌아가 내려놓자 다운이 무심하게 포스기로 바코드를 찍더니 냉장 코너로 가서 핫바 하나를 더 가져왔다.

"원 플러스 원이야."

초록은 샐쭉하며 계산하고는 핫바를 뜯어 전자레인지에 돌렸다.

"떨어져 서. 전자파 나와."

전자레인지 가까이 선 초록을 본 다운이 말했다. 초록은 데워진 핫바를 들고 테이블에 가 앉았다.

"먹다 들켜도 난 몰라."

"진아름한테 사과해."

"내가 왜?"

"괴롭혔잖아."

"그러는 너는?"

"둘이 완전 베프였잖아. 진아름이 얼마나 상처받았는지 몰라?"

"다 먹었으면 가."

초록은 남은 핫바를 주머니에 넣고는 자리에서 일어섰다.

"정말 아냐?"

"그날 진아름, 나, 너, 셋이 같이 있었어. 같이 떡볶이 만들어 먹었고. 아름이가 쇼크로 쓰러진 게 정말 떡볶이에 든 깨 때문이라면, 네가 넣은 걸 수도 있는 거잖아. 실수든 일부러든."

"말이 돼? 진아름의 깨 알레르기 때문에 우리 집엔 깨 한 톨도 없다고. 그리고 떡볶이 재료 준비해 온 건 언니잖아."

"그렇다고 나를 의심할 수 있어? 3년 베프를 그렇게 쉽게? 내가 받은 상처는 생각도 못하지!"

"내가 언제 언니를 의심했어? 그냥 물어본 거잖아. 그날 우리 셋밖에 없었으니까."

"의심하니 물어본 거지. 너는 말하기 싫어. 나가."

다운이 편의점 문을 열고 서서 초록이 나가기를 기다렸다. 초록은 다운을 스쳐 편의점을 나가다 말고 멈춰 섰다. 건널목의 파란불이 깜박이고 있었다. 초록은 다운을 돌아보았다.

"난 언니 참 좋아했어."

표정이 일그러지는 다운을 두고 초록은 편의점을 나갔다. 붉은 신호가 뜬 건널목 앞에 서서 초록은 들깨 드레싱 범벅이 된 언니의 스니커즈를 떠올렸다.

도어록을 풀고 현관에 들어선 초록이 신발을 벗다 말고 발치를 내려다보았다.

왼편으로 스니커즈 한 짝이 외로이 놓여 있었다. 아름의 신발이었다. 초록은 신발을 벗고 현관을 지나 문이 반쯤 열린 욕실 앞으로 갔다. 욕실 안에서 물소리가 들렸다.

"왔어?"

문 앞에 선 초록을 본 아름이 먼저 아는 체를 하며 반겼다. 아름은 세면대에 물을 받아 스니커즈의 다른 한 짝을 씻고 있었다. 수세미를 든 손등에 비누 거품이 하얗게 덮여 있었다.

"미쳤어? 맨손으로 뭐 하는 거야?"

초록의 목소리가 높아졌다.

"얼룩질까 봐 급한 마음에. 깜박했네."

아름이 물을 틀어 얼른 비누 거품을 씻어 냈다.

"또 밤새 잠 못 자고 싶어서 그래? 그냥 세탁기에 돌리면 되잖아!"

"운동화 한 짝에 뭘. 다 씻었어. 봐 봐. 깨끗해졌지."

아름이 물에 헹군 운동화를 자랑스럽게 들어 보였다. 초록은 보는 둥 마는 둥 하며 맞은편 방으로 들어가 버렸다. 가방을 바닥에 내던지고는 교복을 입은 채로 침대에 벌렁 누웠다. 교복 주머니에서 휴대폰을 꺼내 웹소설 앱을 열었다. 왕자 휘와 기미나인 시내가 막 썸을 타려는 간질간질 몽글몽글한 장면이라 아껴서 맛있게 읽으려 했는데 오리진 때문에 두근두근 설렘이 싹둑 반 토막이 나 버렸다. 초록은 두 다리를 큰대자로 벌리고 휴대폰을 소중한 보물 다루듯 가슴 위에 놓고는 천장을 올려다보았다. 풍성하고 윤기 나는 긴 머리를 모아 묶던 오리진의 모습이 떠올랐다. 비결이 뭐지? 그리고 진아름한테는 누나 소리 잘도 하면서 왜 나는 초록이 아니고 진초록이야? 웃기는 애야. 초록의 눈앞으로 긴 머리 소년 리진이 얼굴이 발개진 아름에게 손수건을 건네던 장면이 슬로모션처럼 흘렀다. 입을 비죽이던 초록이 벌떡 일어나 앉았다.

"말도 안 돼. 휘 왕자님도 아닌 오리진 생각을 왜 하는 거야? 진초록, 정신 차려!"

초록은 생각을 털어 내듯 머리를 좌우로 세차게 흔들었다. 침대 헤드에 기대 누워 〈비건 기미나인 송시내〉의 지난 회차를 처음부터 다시 읽는데 아름이 노크를 하고 들어왔다.

"초록아. 도시락은 네가 먹은 거로 하자. 엄마 알면 속상해하셔. 알았지?"

초록은 휴대폰을 든 채 벽을 향해 돌아누웠다.

"손수건도 깨끗이 빨아서 널어 뒀어. 고맙다고 전해 줘."

"내가 왜 손수건 셔틀을 해? 직접 갖다줘."

"난 그 애 이름도 모르는데……."

"오리지날."

"뭐?"

아름이 되물었다.

"1학년 5반 가서 오리지날 외치면 나올 거야. 아니면 급식실에서 주던가. 나 바빠. 문 닫아."

초록은 화면을 스크롤하며 성의 없이 대답했다. 중위권인 투데이베스트 순위가 마음에 쓰였다. 역사 로맨스라서 그런가? 데뷔작 〈오렌지 스쿨〉이 남성향, 여성향을 모두 만족시킨 판타지라면 이번 작품은 여성향이어서 그런가? 초록은 자신이 도투락댕기의 매니저라도 된 양 걱정이 늘어졌다.

기척에 돌아보니 침대 옆 탁자에 작은 트레이가 놓여 있었다. 아름이 슬쩍 갖다 놓고 간 모양이었다. 초록은 팔을 뻗어 주스가 담긴 유리잔을 들었다. 아침에 엄마가 직접 짜서 만든 주스였다. 주스의 재료는 매일 바뀌는데 오늘은 아름이 좋아하는 오렌지주스였다. 엄마는 내가 좋아하는 주스가 뭔지는 알고 있을까. 초록은 주스를 한 모금씩 나눠 마시며 생각했다. 초록은 상큼한 오렌지주스, 자몽주스보다 달콤한 딸기주스, 수박주스를 더 좋아했다. 초록은 접시를 가져와 배 위에 놓았다. 숨을 쉴 때마다 접시가 오르락내리락했다. 네모난 두부 스낵 위에 엄마표 오이피클과 방울토마토를 올려 만든 두부칩 카나페. 아름의 솜씨였다. 꼬르륵. 배꼽시계가 울렸다. 초록은 카나페 한 조각을 들어 입에 쏙 넣었다. 싫어하는 건강한 맛이었지만 배가 고프니 손이 자꾸 갔다. 초록은 스크롤하던 손을 멈췄다. 왕자 휘가 시내의 새끼손톱에 들인 봉숭아 꽃물에 관해 묻는 장면이었다. 초록은 자신의 양쪽 새끼손톱을 들여다보았다. 다이소에서 파는 봉숭아 꽃물 키트로 나도 한번 들여 볼까? 생각이 날개를 달자 상상이 되었다. 상상 속의 초록은 커트 머리에 고운 한복을 입고 있었다. 초록은 커트 머리를 지우고 댕기 드린 땋은 머리를 그려 넣었다. 초록 옆으로 왕자 휘가 다가왔다. 상상만으로도 헤실헤실 웃음이 났다. 초록이 조신하게 몸을 돌려 왕자의 얼굴을 천천히 올려다보는데…… 휘가 아니었다. 긴 머리 소년, 오리진이었다.

"안 돼!"

초록은 손바닥으로 제 이마를 쳤다. 이마에 붉게 난 손자국이 선명했다.

"어디 감히! 무엄하게."
 드러누워 이불 킥을 해 대는 초록의 두 볼도 꽃물빛으로 붉게 물들었다.

비건 기미나인 송시내 #3
글 도투락댕기

"마마. 이러시면 안 됩니다. 큰일 납니다요."

녹두가 어쩔 줄 몰라 하며 발만 동동 굴렀다.

"네가 그러지 않았느냐? 밖에 살 때 너무 가난해서 쌀밥은커녕 조밥도 배불리 먹은 적이 없다고. 쌀밥에 소고기 먹는 게 소원이라고 말해 놓고 이제 와 왜 딴소리야?"

휘는 녹두 손에 숟가락을 억지로 쥐여 주며 상 가까이 당겨 앉혔다. 녹두가 숟가락을 회초리처럼 받쳐 들고 울상이 되었다.

"좋은 날 왜 우느냐? 너 귀빠진 날이래서 내 일부러 흰쌀밥에 너비아니가 먹고 싶다고 수라간에 하지 않던 말까지 했거늘. 내가 싱겁고 우스운 사람이 되면 좋겠느냐?"

"아무리 그래도 왕자마마 수라를 제가 어찌 먹습니까요? 목숨이 여러 개도 아니고. 윗전에서 아시면 태어난 날이 곧 제삿날이 되고 맙니다요."

"그래서 내가 시내만 남으라 하고 다 내보내지 않았느냐. 어서 들거라."

"고기는 입에도 안 대는 송 나인한테 왜 자꾸 기미를 맡기십니까? 고기반찬은 기미를 하지 않으니 왕자마마도 못 드시고, 제대로 못 드시니 점점 마르지 않습니까."

"말이 많다. 시내 너도 이리 와 앉거라."

기미를 마치고 물러나 서 있던 시내가 가까이 와 앉았다. 수라상을 가운데 두고 휘와 시내, 녹두가 동그랗게 둘러앉았다.

"나보다 생일이 빠르니 형이라고 불러 주랴?"

휘의 농담에 녹두가 앉은 자리에서 펄쩍 뛰었다. 웃음을 참지 못한 시내가 얼른 손으로 입을 가렸다.

"평범한 백성들은 온 가족이 상 하나에 둘러앉아 먹는다지?"

"네. 가난한 백성들은 상을 여러 개 차릴 만큼 풍족하지 않을뿐더러 농사일이 너무 바빠 허기만 채우고 얼른 논밭으로 다시 나가야 하니까요."

시내가 휘의 물음에 조곤조곤 대답했다. 녹두의 손이 밥그릇 쪽으로 슬금슬금 움직였다. 휘와 시내, 밥그릇을 오가는 녹두의 눈동자가 분주했다. 들킬세라 밥 한 숟가락을 푼 녹두의 손이 재빨리 상 밑으로 내려갔다. 녹두는 숟가락에서 뗀 밥알 몇 개를 입에 넣고 오물거렸다. 휘와 시내는 못 본 척 말을 이었다.

"고기를 먹지 않는다는 네 말을 듣고 이런 생각이 들었어. 내가 고기를 좋아하지 않는다면 굳이 먹으려 애쓸 필요도 없겠다는. 하지만 어머니는 늘 내게 키도 키우고 병치레 없는 몸으로 만들려면 고기를 많이 먹어야 한다고 하셔. 연 왕자는 고기를 아주 좋아하고 잘 먹어서 키도 크고 체격도 좋은 거라고. 그래서 신하들이 임금감으로 휘보다 연이 낫다고 말한다니 이를 어찌할 것이냐며 걱정이 크셔."

"꼭 고기를 먹어야만 힘이 나는 건 아니라 생각하지만 자식 잘 먹이고 싶은 부모 마음은 다르겠지요. 왕자마마는 왕이 되실지도 모를 귀한 몸이니 더욱 그렇지요."

녹두가 막 두 번째 숟가락을 떴을 때였다. 휘가 너비아니 한 점을 들어 쌀밥 위에 놓아 주었다.

"밥만 먹으면 싱겁지 않으냐. 고기도 먹어야지. 밥만 먹으면 또 올려 줄 것이다."

녹두가 어찌할 줄 모르면서도 고기 올린 밥숟가락을 두고 보기도 어려운지 고개를 돌리고는 한입에 먹어 버렸다.

"평생 어떤 음식도 맘 편히 맛있게 먹은 적이 없어. 음식에 독이 들었을지도 모르기 때문이지. 세자 자리를 노리는 연 왕자 쪽에서 음식에 무슨 짓을 할지 모른다는 흉흉한 소문까지 나돌아서 더더욱."

휘의 솔직한 말에 시내가 문밖을 살폈다.

"낮말은 새가 듣고 밤말은 쥐가 듣습니다. 누가 들을까 염려됩니다."

"나와 연, 둘 중 하나가 왕이 되겠지. 하늘 아래 태양은 하나니까. 하지만 나는 왕이 되고 싶지 않아."

"내키지 않으십니까? 모두가 되고 싶어도 아무나 오를 수 없는 높은 자리인데요."

휘는 녹두의 밥 먹는 모습을 흐뭇하게 바라보았다. 밥숟가락 가득 푼 흰쌀밥에 너비아니를 올려 야무지게 입에 밀어 넣고는 다 씹기도 전에 밥을 다시 푸는 녹두의 얼굴에 생기가 돌았다

"네가 고기를 먹지 않는 건 네 의지라고 했지?"

"먹을 줄 압니다. 어릴 때는 고기반찬을 몹시 좋아했습니다."

"먹고 크게 탈이라도 난 게냐?"

시내는 고개를 가로저었다.

"새끼 때부터 키우던 개 한 마리가 있었습니다. 흰 털과 검정 털이 섞여 바둑이란 이름으로 부르던 개였습니다. 영리하고 사람을 잘 따랐지요."

"궁에 들어온 뒤로 못 봤겠구나. 보고 싶지 않으냐?"

"보고 싶지만 이제 볼 수 없습니다."

"잃어버렸느냐?"

녹두가 밥그릇 밑에 남은 밥알까지 싹싹 긁어 먹고 있었다.

"…… 맞아 죽었습니다. 제가 보는 앞에서."

시내의 말끝이 무거웠다. 밥그릇을 손에 든 녹두가 놀란 눈으

로 시내를 보았다.

"내가 괜한 걸 물었구나."

"바둑이만 맞은 게 아닙니다."

시내가 말을 멈추고 숨을 깊게 들이쉬었다. 방 안에 짧은 침묵이 흘렀다.

"송 나인 너도 맞은 거야?"

녹두가 심각한 얼굴로 물었다.

"아니. 우리 집 마당에는 큰 회화나무 한 그루가 있어. 줄기도 많고 잎도 풍성해서 나무 위에 숨으면 있는지도 모를 정도야."

"마당에 심으면 집안에 학자가 나고 부자가 된다고 해서 양반집에서 회화나무를 많이 심는다지?"

휘의 말에 시내가 고개를 끄덕였다.

"숨바꼭질할 때 몰래 숨기 좋은 곳이었어요. 하늘과 바람이 좋은 날에 오르면 담장 너머 온 마을이 눈에 들어와 세상이 다 제 것 같았어요. 그날도 술래를 피해 회화나무 위에 숨어 있었지요."

"무슨 일이 있었던 거야?"

녹두가 밥그릇을 손에 든 채 물었다.

"나무 위에서 바둑이를 본 게구나."

휘가 말했다.

"관아에서 나온 사람들이 대문을 열고 들어오자마자 짖어 대는 바둑이부터 때리기 시작했어요. 두들겨 맞는 바둑이를 지키려다 할아버지까지 심한 매질을 당하셨어요. 할아버지는 제가 바둑이를 아낀다는 걸 잘 알고 계셨어요."

"내려가서 말리면 되잖아."

갑갑해진 녹두가 말했다.

"내려가고 싶었어."

"그런데 왜 보고만 있었어?"

시내가 무릎 위에 놓은 두 손을 움켜쥐었다.

"녹두야."

휘가 말리듯 녹두를 불렀다. 다그쳐 묻던 녹두가 그제야 시내의 붉어진 눈자위를 보고는 입을 다물었다.

"그 마음이 어떠했겠느냐."

휘가 안쓰럽게 시내를 바라보았다.

"꼭꼭 숨어라."

시내가 바닥에 시선을 둔 채 노래하듯 중얼거렸다. 녹두가 어리둥절한 얼굴로 휘를 보았다. 영문을 모르는 건 휘도 마찬가지였다.

"꼭꼭 숨어라. 머리카락 보일라."

시내가 다시 음률을 실어 노래했다.

"바둑이를 품에 안고 골매를 견디며 할아버지께서 부르신 노래예요. 꼭꼭 숨어라. 꼭꼭 숨어라. 할아버지는 제가 회화나무 위에 숨어 있다는 걸 알고 계셨어요. 그 노래는 바로 제게 하신 말씀이었어요."
 휘도 녹두도 할 말을 찾지 못한 채 담담히 앉은 시내만 건너다 볼 뿐이었다. 눈치 없는 녹두도 차마 할아버지는 어찌 되었냐고 묻지 못했다.

유자청과 까치감 냉장고

"오리지날!"

아파트의 공용 현관을 나온 오리진이 놀라 동그래진 눈을 끔벅거렸다. 벽에 기대 서 있던 초록은 교복 조끼 주머니에서 손을 빼며 오리진과 마주 섰다. 덜 마른 머리에서 연한 샴푸 향이 났다. 오리진이 검지로 제 가슴을 가리켰다.

"나 보러 온 거야? 우리 집까지?"

초록이 주먹 쥔 손을 오리진 앞에 불쑥 내밀었다.

"오다 주웠다."

손을 펴자 반듯하게 접힌 손수건이 보였다.

"학교에서 줘도 되는데."

"어차피 지나가는 길. 진아름이 고맙다고 전해 달래."

리진은 손수건의 양 끝을 잡고 빙글빙글 돌려 감아 끈처럼 만들었다. 익숙한 손놀림으로 머리를 묶는 리진을 초록은 신기하게 쳐다보았다.

"누나는 괜찮아? 알레르기 있는 거 같던데."

"먹은 건 아니라서. 근데 머리는 왜 기르는 거야?"

"기르고 싶어서. 왜? 남학생은 머리 기르면 안 돼?"

할 말을 찾지 못한 초록이 입을 샐쭉하며 돌아서는데 리진이 불렀다.

"잘됐다. 나 좀 도와주라."

"또 피켓 맡기지 마."

"이거 좀 같이 들어 달라고."

리진이 바닥에 내려 둔 쇼핑백 두 개를 가리켰다. 대형마트의 재활용 쇼핑백이었다.

"두 손에 다 들리니 제법 무겁네."

"학교까지?"

"학교는 아니고. 더 가까워. 땡큐."

얼떨결에 쇼핑백 하나를 받아 든 초록이 투덜거리며 앞서가는 리진을 따라 걸었다. 쇼핑백 안에서 유리병이 부딪치는 맑은 소리가 났다.

"뭔데 이렇게 무거운 거야?"

"새콤달콤 맛있는 거. 좀 이따 맛보게 해 줄게."

큰길을 건너 다운이 아르바이트하는 편의점 앞에서 왼쪽으로 걸어 올라가면 학교가 나왔다. 하지만 리진은 편의점 앞에서 오른쪽 골목을 따라 들어갔다. 일방통행로가 끝나는 지점까지 따라 들어가자 앞이 트이며 작은 공원이 나왔다.

"다 왔어."

리진이 공원 맞은편의 2층 건물을 가리켰다. 리진과 초록이 사는 동의 행정복지센터였다.

"여긴 왜? 그리고 아직 문도 안 열었다고."

리진이 정문을 두고 후문 쪽으로 돌아가더니 유리문을 열었다. 2층으로 올라가는 계단 한쪽으로 작은 휴게실이 있었다.

"줘."

소파 끝에 선 리진이 초록의 손에서 쇼핑백을 가져갔다. 리진은 무릎을 접고 앉아 쇼핑백을 열었다. 초록은 리진의 뒤에 서서 윙 소리를 내며 돌아가는 냉장고를 보았다. 집에서 쓰는 냉장고와 달리 유리문이 달려 속이 훤히 들여다보였다. 업소용 냉장고였다. 냉장고 안에는 조금씩 나눠 담은 배추, 오이, 파프리카 같은 채소와 두부, 요플레, 달걀, 어묵 등 신선도를 유지해야 하는 것들이 들어 있었다. 리진이 쇼핑백에서 투명 유리병을 두 개씩 꺼내 냉장고에 착착 줄을 맞춰 집어넣었다. 노란색의 청이 담긴 병에는 스티커가 붙어 있었다. 초록은 병 하나를 들어 스티커를 들여다보았다.

> 남해 유자로 만들었어요.
> 차로 드셔도 좋고 샐러드 소스로 쓰셔도 맛있답니다. ^^

"엄마 고향이 남해거든. 남해는 유자랑 시금치, 마늘이 아주 맛있고 유명해. 외할머니 말씀으로는 바닷바람에 간이 잘 배서 그렇대. 유자가 풍년이라고 많이 보내 주셔서 엄마가 청을 만드셨어."

리진이 두 쇼핑백에서 꺼낸 유자청은 스무 개도 넘었다.

"까치감 냉장고?"

초록이 냉장고 문 위에 붙은 이름표를 가리켰다.

"처음 보는구나? 나눔 냉장고라고, 동네 사람들이 음식이나 식재료를 공유하는 냉장고야. 카 셰어링, 셰어 하우스 같은 거지. 까치감은 이 냉장고만의 별명이야. 가을에 감나무 보면 나무 꼭대기에 감 몇 개씩 남겨 두잖아. 왜 그런지 알아? 너무 높아서 못 따는 게 아니라 일부러 안 따는 거야."

"왜? 홍시가 얼마나 맛있는데."

초록이 입맛을 다시자 리진이 피식 웃었다.

"그러니까. 까치도 맛있는 감 맛보라고 남겨 두는 거래. 감 하나도 나눠 먹는 마음이지. 거기서 따온 이름인데 참 잘 지은 거 같아."

리진이 냉장고 옆에 놓인 수납장을 열어 보였다. 라면, 조미 김, 햇반, 마스크, 두루마리 휴지가 보였다.

"여기에는 생필품이나 실온 보관해야 하는 것들이 들어 있어."

"그럼 아무나 가져가도 되는 거야?"

"응. 하지만 취약계층이나 저소득층에 양보하면 더 좋겠지. 혼자 사시는 할아버지, 할머니도 계시고 소년 소녀가 가장인 집도 있잖아. 이런저런 이유로 먹고사는 게 곤란한 집도 있을 테고. 나눠 먹으면 소비기한을 넘겨서 버리는 음식물도 줄기 때문에 음식물 쓰레기에서 나오는 온실가스도 같이 줄일 수 있어. 넷제로(Net-Zero)는 누구나 할 수 있어."

쇼핑백을 접어 가방에 넣은 리진이 손가락으로 동그라미를 만들어 보였다.

"넷제로?"

"탄소중립. 우리나라는 2050년까지 이산화탄소 순배출량 0을 목표로 하고 있어. 지구의 온실 효과를 막기 위해서야."

초록이 따분한 표정을 지었다.

"소 방귀의 메탄가스도 지구를 덥게 만들지."

EBS 다큐멘터리로 주워들은 게 있어 초록은 의기양양하게 말했다.

"세상의 소들에게 이렇게 말해? 소들아, 방귀는 절대 뀌면 안 된단다."

초록의 농담에도 리진의 표정은 진지했다.

"생각해 보자. 예전에는 소를 짐을 옮기거나 농사지을 때 필요해서 키웠어. 먹으려고 키운 게 아니야. 고기, 특히 소고기는 큰 잔치가 있을 때나 먹을 수 있을 만큼 귀했다고. 설렁탕이 왜 설렁탕인 줄 알아?"

"깍두기 올린 설렁탕 먹고 싶다."

초록이 딴소리했다.

"임금이 풍년을 기원하며 하늘에 제사를 지내던 곳이 선농단이야. 제사를 보기 위해 온 백성들에게 나눠 주려고 소고기와 뼈를 넣고 국을 끓이는데 솥에 비해 사람들이 너무 많은 거야. 고깃국 먹겠다고 먼 길 온 백성들을 그냥 돌려보낼 수도 없잖아. 그래서 궁리 끝에 가마솥에 계속 물을 부어 가며 양을 불리고 불려 나눠 준 거야. 선농단에서 유래해서 설렁탕이 된 거지. 그 정도로 옛날엔 고기가 귀했으니까. 지금은 어때? 먹으려고 키우잖아. 많이 먹으니 더 많이 키워야 하고."

제 꾀에 제가 넘어간 것 같아 입을 비죽이면서도 초록은 리진의 똑똑함에 감탄했다.

"소한테는 잘못이 없어. 그래서! 고기 없는 월요일이 꼭 있어야 하는 거야."

초록은 졌다는 듯 두 팔을 머리 위로 번쩍 들었다. 기승전 고기 없는 월요일이었다.

초록과 리진은 휴게실을 나와 바로 앞 공원으로 걸어갔다. 리진이 가까운 벤치에 백팩을 벗어 내려놓고는 옆 주머니에 꽂아 둔 보온병을 꺼냈다. 보온병의 컵 뚜껑을 열어 초록에게 주고는 가득 부어 주었다.

"마셔 봐."

초록은 잠시 주저하다 컵을 입으로 가져갔다. 달콤한 향이 콧속으로 밀려들었다.

"유자에이드야."

리진이 웃으며 보온병을 흔들었다. 달그락달그락. 얼음이 부딪히며 청량한 소리를 냈다. 초록은 유자에이드를 마시며 바닥에 드리운 그림자를 보았다. 봄 햇살이 만든 그림자는 또렷했다. 머리를 묶은 리진의 그림자가 여학생 같았고 쇼트커트의 제 그림자가 남학생 같았다. 초록은 그림자를 물끄러미 내려다보며 중얼거렸다.

"이런 게 선입견이구나."

"지각하겠다. 이제 가자."

보온병을 정리한 리진이 백팩을 둘러메며 말했다. 둘은 공원을 나가 학교를 향해 부지런히 걸었다.

"아까 그 냉장고 말이야."

초록이 말했다.

"참 착한 냉장고 같아."

"맞아."

리진이 느슨해진 손수건을 바짝 당겨 묶고는 초록을 향해 어서 오라는 손짓을 했다. 초록은 짧은 앞머리를 대충 쓸어 넘기고는 리진을 지나쳐 학교를 향해 성큼성큼 걸었다.

4교시 체육 수업을 마친 초록은 체육복을 입은 그대로 급식실로 갔다. 급식실은 체육관과 본관 사이에 아케이드로 연결되어 있었다. 까치감 냉장고에 유자청을 넣고 오느라 시간이 없었을 텐데도 언제 만들었는지 리진이 피켓을 들고 급식실 앞에 서 있었다. 배식을 기다리며 서 있던 2학년 여학생이 줄에서 빠져나와 리진 앞으로 가더니 피켓을 뚫어져라 보았다. 지난해 전교 부회장 이윤수였다. 포커페이스에 바른말을 잘해서 동급생은 물론 선생님들도 윤수를 어려워했다.

> **알고 있나요? 햄버거 커넥션!**
> **햄버거 패티 재료인 소고기를 얻기 위한 목장이**
> **열대림을 파괴합니다.**

"열대림 어디? 아마존?"
윤수가 물었다.
"네. 선배님."

"주장은 알겠어. 그 근거는?"

"햄버거용 소고기 100g에 필요한 물은 2,000ℓ, 햄버거 패티 한 조각 때문에 사라지는 숲은 5㎡입니다."

기다렸다는 듯 리진이 막힘없이 대답했다. 윤수가 수긍하듯 고개를 느릿느릿 끄덕였다.

"제법이네."

"선배님. 올해 전교 학생회장 선거에 나온다고 들었어요. 고기 없는 월요일을 공약으로 걸어 주시면 안 될까요?"

"나는 떨어지려고 선거에 나가는 게 아니야."

"학교장 재량으로 이미 시작한 고등학교도 여러 곳 있어요."

"그러면 학교에 말해."

"가장 바람직한 건 학교의 주인인 학생의 주도로 시작하는 거죠. 적극적으로 알려서 동참을 끌어내면 돼요."

"이미 적극적인 거 같은데."

윤수가 눈짓으로 피켓을 가리켰다.

"오리진. 급식으로 햄버거 나오는 날, 꼭 이런 걸 들고 서 있어야겠니? 점심 급식이 등교의 유일한 기쁨인 애들도 많다는 걸 좀 생각해 주면 안 되겠니?"

"햄버거 아니어도 먹을 게 많아요. 햄버거에 꼭 고기 패티가 들어가야 한다는 것도 편견이고 선입견이죠."

"햄버거만 안 먹으면 되는 거야? 돼지고기는? 닭고기는? 우유랑 달걀은? ㅂ터는 괜찮아?"

테이블에 앉아 햄버거를 먹던 3학년들이 휘파람으로 윤수의 말을 지지했다.

"질문이 치사하니? 하지만 전교생을 설득하려면 어떤 질문에도 막힘없이 답할 수 있어야 해. 가장 중요한 건, 피켓에는 맛이 없어. 설득에도 요령이 있어야지."

배식구로 돌아간 윤수가 식판에 햄버거부터 담았다. 리진은 피켓을 든 채로 식판을 들고 지나가는 학생들을 보았다. 모든 식판에는 빠짐없이 햄버거가 담겨 있었다. 식판도 없이 음료수와 햄버거 하나만 달랑 들고 가는 학생들도 적지 않았다. 리진은 피켓을 머리 위로 들어 올리며 윤수가 던지고 간 말에 대해 곰곰이 생각했다.

비건 기미나인 송시내 #4
글 도투락댕기

경빈 고 씨는 휘를 가까이 당겨 앉히고는 아들의 뺨과 어깨를 어루만졌다.

"한약도 거르지 않고 먹이는데 어찌 몸이 더 말랐느냐? 수라가 입에 안 맞느냐? 김 상궁. 마마는 타고나기를 허약해서 한 끼도 놓치지 말고 수라상에 고기를 올리라 했는데 이게 어찌 된 것이냐?"

허리를 접고 저만치 선 김 상궁이 휘의 눈치를 살폈다.

"어머니. 수라는 흠잡을 것 없습니다. 오히려 진수성찬이지요. 먹을 게 너무 많아 무엇부터 먹을지 고민하느라 살이 빠진 듯합니다."

휘의 실없는 농담에 경빈 고 씨가 미소 지었다.

"곧 보름인데 아직 누구도 임금의 의중을 모른다. 그러니 더욱 기미를 철저히 해야 한다. 왕자가 어떤 음식도 함부로 드시지 못하게 해야 하느니라. 연 왕자 쪽에서 무슨 짓을 할지 모를 일이고 왕자에게 무슨 탈이라도 생기면 그 틈을 놓치지 않고 트집을 잡을 것이 분명해. 세자 자리를 놓치게 되면 왕위는 둘째 치고 여기 있는 모두의 목숨까지 위태로워질 것이야. 운명의 한배를 탔다는 걸 절대 잊어서는 안 된다."

"예, 마마. 현시도 방심하지 않고 잘 살피겠습니다."

김 상궁이 머리를 조아리며 대답했다. 경빈 고 씨가 김 상궁 옆에 선 녹두를 물끄러미 보았다.

"녹두 얼굴은 활짝 피었구나. 살도 보기 좋게 오르고. 좋은 일이라도 있느냐?"

"아무 일도 없사옵니다. 마마."

녹두가 어찌할 바를 모르고 말을 더듬거렸다.

"누가 보면 왕자가 먹을 음식을 네가 다 뺏어 먹은 줄 알겠구나."

화들짝 놀란 녹두가 무릎을 꿇고 바닥에 납작 몸을 낮추었다. 이마에 송골송골 땀이 맺혔다.

"어머니도 무슨 그런 말씀을. 녹두는 제게 친동기 같은 가이입니다. 지난가을에 제가 좋아하는 홍시를 따러 감나무에 올랐다가 내려오지 못해 애를 먹지 않았습니까?"

고소공포증이 있는 것도 모르고 감나무 꼭대기까지 올랐던 녹두는 한나절을 나무에 매달려 있다가 볏짚을 쌓아 올린 더미에 몸을 던져 간신히 내려올 수 있었다. 볏짚 위로 엎어진 녹두의 저고리 앞섶에 벌건 핏물이 들어 있었다. 놀란 휘가 쫓아가 앞섶을 풀어 헤치자 터지고 뭉개진 홍시 때문에 가슴팍이 엉망이었다. 왕자 체면도 잊은 휘가 녹두를 끌어안고 눈물을 쏟았다.

일어나 나가려던 경빈 고 씨가 그제야 생각난 듯 뒤따르는 휘를 돌아보았다.

"휘야. 아랫사람에게 종종 음식을 챙겨 내린다고 들었느니라. 다정한 것도 좋지만 지나쳐 흉이 될까 걱정이구나."

"녹두와 같은 방을 쓰는 내관 아이가 몸살이 났는데 닭죽 한 그릇만 먹으면 좋겠다고 했다길래 보낸 적이 있습니다. 다행히 다음 날 자리를 털고 일어났다고 하니 흉이 된들 어떻습니까?"

"잔정이 그리 많아서야. 약과도 그런 것이냐? 생과방에서 요 며칠 계속 약과를 올렸다던데."

"약과가 입에 맞아 즐겨 먹었습니다."

"입에 단 게 있다니 어미는 좋지만. 휘야, 네 몸은 너 혼자만의 몸이 아니야. 나라와 수많은 백성을 이끌 몸이기도 해. 매사 조심해야 한다. 보름까지는 더더욱."

"걱정하지 마세요, 어머니."

경빈 고 씨는 자애와 염려가 뒤섞인 얼굴로 휘를 잠시 바라보다 방을 나갔다. 그제야 녹두가 소맷자락으로 이마의 땀을 닦으며 한숨을 내쉬었다.

"마마. 송 나인이 약과를 좋아해서 그러시는 거지요?"

"너도 잘 먹어 놓고 딴소리하기냐."

"주시니 어쩔 수 없이 먹었지요. 송 나인에게만 주기 민망해 제게도 나눠 주신 것 아니옵니까."

"오냐. 내 수라에 올라오는 고기는 다 네 몫이다."

"그것도 안 될 일입니다. 왜 자꾸 송 나인에게만 기미를 시키십니까? 송 나인이 고기에는 손도 대지 않으니 마마도 못 드시고 결국 어머니의 걱정까지 듣지 않습니까?"

"알았다. 잔소리 그만하거라."

휘가 제 귀를 막자 녹두는 가슴 앞에서 두 손을 엇갈려 X를 만들어 보였다. 휘는 두 눈을 질끈 감아 버렸다.

후원의 연못 위로 분홍 꽃비가 내렸다. 바람이 불어 벚꽃잎들이 정자 안으로 날아들었다. 휘와 시내는 녹차와 삼색 다식, 호두로 속을 채운 곶감단지, 약과가 놓인 작은 소반을 사이에 두고 마주 앉아 있었다. 휘의 머리와 어깨로 떨어지는 꽃잎을 걷어 내는 녹두의 모습은 덩실덩실 춤을 추는 듯 보였다.

"약과에는 꿀이 들어가고 꿀은 약으로 쓰입니다. 그래서 약과라고 하지요."

기미를 마친 시내가 새 약과 하나를 접시에 담아 휘 앞에 내려놓았다.

"왕자마마의 제주 외가에서 보낸 꿀로 만들었습니다."

"너도 하나 먹거라. 같이 먹어야 맛있지."

휘가 시내와 녹두에게 약과를 하나씩 주었다. 시내의 두 손에 놓인 약과 위로 벚꽃잎 하나가 살포시 내려앉았다.

"할아버지께서는 선물로 들어온 약과를 아껴 두었다가 손녀인 제게 하나씩 주곤 하셨어요. 약과를 맛있게 먹는 저를 흐뭇한 얼굴로 보시던 할아버지의 모습이 눈에 선합니다. 이제 다시는……."

먹먹한 가슴을 달래듯 시내는 손바닥으로 왼쪽 가슴께를 지그시 눌렀다.

"바둑이를 안고 몰매를 견디셨다는 할아버지 말이냐?"

휘의 물음에 시내가 고개를 끄덕였다.

"어떤 죄를 지었길래 목숨까지 잃은 거야?"

녹두가 눈치 없이 끼어들었다.

"죄라니! 말 함부로 하지 마! 내 할아버지는 죄인이 아니다. 역모죄를 뒤집어쓰고 억울하게 돌아가셨을 뿐이야."

시내가 부릅뜬 두 눈으로 녹두를 노려보았다.

"그러면 속 시원히 말을 하든가. 알아야 편이라도 들 거 아냐."

움찔 놀란 녹두가 한 걸음 물러나며 구시렁거렸다. 그만하라는 휘의 눈짓을 보고서야 녹두의 입이 조개처럼 닫혔다.

"할아버지의 존함이 어찌 되느냐?"

시내의 큰 눈 가득 두려움이 가득했다.

"어찌 된 일인지 알아보마. 네 말대로 억울하게 누명을 쓴 거라면 바로잡아야지."

 "······송, 덕 자, 현 자입니다."

 시내는 손바닥의 약과를 집어 입으로 가져갔다. 한 입 쿠는데 눈물이 파란 치맛자락으로 툭 떨어졌다. 분홍 꽃잎들이 치갓자락 위로 솔솔 내리며 눈물 자국을 덮었다. 휘가 꽃잎이 담긴 손을 무릎 위로 내리며 봄이 지는 연못을 내다보았다. 기둥 옆에 쪼그리고 앉은 녹두의 머리 위로 꽃잎 하나가 내려앉았다.

 봄날의 평온은 오래가지 못했다. 며칠 후 휘 왕자의 목숨을 노리는 독살 미수 사건이 벌어졌다. 연 왕자 쪽의 짓이 분명했다.

파지 약과와
마라 두부버거

"안 돼에에에!"

초록의 비명에 놀란 아름이 방문을 벌컥 열고 들어왔다.

"초록아, 왜?"

이어 잠옷 바람으로 아빠가 쫓아 들어왔다.

"왜? 무슨 일이야?"

아빠가 방 안을 휘휘 둘러보았다.

"진초록, 무슨 일이야?"

출근 준비를 하느라 머리에 롤을 만 엄마가 마지막으로 달려 들어와 침대에 엎드려 있는 초록을 붙잡고는 온몸을 구석구석 살폈다. 베개에 머리를 박고 엎드린 초록이 발버둥을 치며 더 크게 우는소리를 해 댔다.

"안 돼, 안 돼. 우리 휘는 절대 안 돼요."

"휘? 휘가 누군데? 친구야?"

"아름아, 휘라그 알아?"

영문을 모르는 엄마, 아빠가 아름에게 거푸 질문했다. 아름이 풋 웃음을 터뜨리며 고개를 끄덕였다.

"휘가 누군데 아침부터 우리 딸을 울리는 거야? 같은 학교 애야?"

아름이 고개를 저었다.

"그럼? 학원 친구?"

엄마가 물었고 이번에도 아름은 고개를 저었다.

"그러면 누군데?"

초록의 울음과 발버둥이 잦아들지 않자 더 갑갑해진 엄마, 아빠가 동시에 외쳤다.

"왕자님이요."

"왕자니임?"

"〈비건 기미나일 송시내〉라고, 초록이 좋아하는 웹소설에 나오는 왕자님이에요."

"웹소서얼? 맙소사."

초록이 손에 쥔 휴대폰을 본 엄마가 그제야 상황을 파악하고는 바로 초록의 등을 내리쳤다.

"아야! 아파!"

"얘가 정말. 왜? 왕자님이 죽기라도 했어? 엄마가 죽어도 이렇게 서럽게는 못 울겠다."

"죽을지도 모른단 말이야! 왕자가 먹는 음식에 누가 독을 넣었단 말이야. 분명 연 왕자 쪽의 짓이야. 어쩜 좋아."

몸을 벌떡 일으킨 초록이 씩씩거리다 사색이 된 얼굴을 두 손으로 가려 버렸다. 반쯤 풀린 롤이 엄마의 이마 위에서 대롱거렸다.

"그렇다고 아침부터 대성통곡을 해?"

"엄마도 〈옷소매 붉은 끝동〉이랑 〈구르미 그린 달빛〉 보면서 울었잖아. 둘 다 웹소설이 원작이라고. 거기 나오는 이준호랑 박보검도 왕자님이었잖아. 우리 휘 왕자님처럼."

할 말을 잃은 엄마가 혀를 차며 방에서 나갔다. 아빠를 밀어내며 따라 나간 아름이 문을 닫아 주었다. 두 발을 뻗고 앉은 초록의 얼굴이 눈물범벅이었다. 잠옷 자락으로 눈물을 쓱 닦아 낸 초록이 휴대폰을 열어 캡처한 웹소설의 표지를 톡으로 보냈다.

봤지?

응

큰일 났어. 드디어 연 왕자 쪽에서 움직이기 시작했어. 어디에 독을 탔을까? 정말 휘 왕자가 먹었을까? ㅠㅠ

업로드된 지 얼마 안 됐는데 댓글 반응이 뜨겁네.

> 설가. 우리 휘 왕자님 잘못되는 건 아니겠지?

> 괜찮을 거야. 주인공이잖아.^^

초록은 안도하는 흰토끼 이모티콘을 보냈다.

> 이게 다 송시내 때문이야. 걘 왜 고기를 안 먹는 거야? 그러면 기미를 하지 말든가.

> 워워. 진정해.

> 아름이 누나처럼 아토피가 심해 못 먹는 사람도 있지만 시내처럼 트라우마로 못 먹는 사람도 있어.

> 밥상의 고기만 봐도 시내는 죽은 바둑이와 할아버지가 같이 생각나니까 도저히 먹을 수 없는 거지.

> 어쩜 그렇게 잘 알아? 도투락댕기도 아니면서.

> ^^;; 초록아. 오늘 수업 마치고 같이 약과 먹을래? 부탁할 것도 있고. 학교 앞 편의점에서 보자

> 뭔데?

 손을 흔드는 라이언 이모티콘이 이어 들어왔다. 약속 장소가 하필이면 김다운이 아르바이트하는 편의점이었다. 초록은 침대 아래로 발을 디디며 시간을 확인했다.

"안 돼에에에!"

초록이 방문을 열고 뛰쳐나갔다. 학교까지 날아가도 지각이었다. 식탁에서 야채죽을 먹던 엄마와 아빠가 욕실로 달려 들어가는 초록을 힐긋 쳐다보았다. 고개를 절레절레 흔들 뿐 더는 놀라지 않았다. 아름은 보온 도시락통을 가져와 초록 몫의 야채죽을 옮겨 담았다.

편의점 유리창 너머 먼저 온 오리진이 보였다. 테이블에 앉은 리진이 앞치마를 걸친 다운과 웃으며 이야기를 나누고 있었다. 오랜만에 보는 다운의 웃는 얼굴이었다. 초록은 심각한 표정을 지으며 편의점 안으로 들어갔다. 리진이 손을 들어 반겼다. 초록을 본 다운이 웃음기를 거두며 계산대로 돌아가 버렸다.

"다운 누나랑 무슨 일 있었어? 분위기가 싸하다."

"작년까지 진아름 베프였어."

"그런데 왜? 싸웠어?"

"말하기 싫어."

의자에 앉은 초록이 유리창 쪽으로 고개를 돌렸다. 붉은 신호등이 들어온 건널목 앞에 하교가 늦은 학생들 몇이 서 있었다. 그 모습 위로 유리창에 비친 다운이 겹쳐 보였다. 작년 가을까지만 해도 아름다운이랑 저 건널목 앞에서 파란불을 기다리며 함께 깔깔거리며 웃고 떠들었는데. '아름다운'은 진아름과 김다운의 베프 닉네임이었다. 초록까지 붙여 만든 '아름다운초록'은 셋만의 단톡방 이름이었다. 하지만 작년 그날 이후로 아름다운초록 단톡방에 올라오는 톡은 없었다. 누구도 톡을 올리지 않았지만 그렇다고 단톡방에서 나가지도 않았다. 셋 다 조용히 나가기 기능을 모르지 않았다. 그런데 왜 단톡방의 문을 걷어차고 나가지 못하는 걸까? 설명하기 어려운 감정이었다.

지난겨울의 일이었다. 그날은 아름, 다운이 다니는 고등학교의 개교기념일이었다. 맞벌이하는 부모님과 중3인 초록이 등교한 후 아름은 식탁을 정리하고 설거지를 했다. 엄마가 돌려놓고 간 세탁기의 빨래를 건조대에 넣고 거실 청소까지 끝냈을 때 초인종이 울렸다. 달려 나간 아름이 문을 열자 높게 든 에코백을 흔들며 다운이 폴짝 뛰어 현관으로 들어왔다. 엄마가 직접 말려 만든 과일칩을 먹으며 아름, 다운은 소파에 기대앉아 기뤄 두었던 넷플릭스 드라마를 정즈행했다. 점심시간을 훌쩍 넘겨서야 드라마는 끝났고 다운은 부엌으로 들어가 앞치마를 걸쳤다.

'오늘은 내가 떡볶이 요리사!'

요리를 좋아하는 다운은 아토피로 피부가 약한 아름을 위해 직접 만든 채소 육수에 떡볶이 떡과 채소를 넣고 고추장 소스로 간을 맞춘 후 서서히 졸였다. 다운이 초록에게 학교 마치면 바로 집으로 오라는 톡을 보내려는데 아름이 말렸다. 서프라이즈 하자. 다운은 쓰던 톡을 지우고 아름과 마실 음료를 사기 위해 편의점으로 갔다. 떡볶이가 먹기 좋게 식을 수 있도록 프라이팬의 뚜껑은 열어 두었다.

아름과 다운이 탄산수를 사서 돌아왔을 때 학교에서 돌아온 초록이 반기며 문을 열어 주었다. 셋은 식탁에 둘러앉아 떡볶이를 먹으며 수다를 떨었다. 그리고 남은 떡볶이 소스에 밥 한 공기를 말아 사이좋게 나눠 먹었다.

한 시간이나 지났을까. 아름이 간지럽다며 몸 여기저기를 긁기 시작했다. 이내 손목과 목, 사타구니의 살이 접힌 부분이 벌겋게 부어올랐다. 초록이 구급약 상자에서 발진을 가라앉히는 연고를 가져와 발랐지만 소용없었다. 속이 메스껍다던 아름이 입을 틀어막고 욕실로 뛰어 들어가더니 먹은 떡볶이를 모두 게워 냈다. 변기 안이 온통 핏빛이었다. 다운이 수건을 적셔 아름의 입 주변을 닦아 주었다. 겁을 먹은 초록이 엄마에게 전화를 걸었지만, 연결이 되지 않았다. 아빠도 마찬가지였다. 119! 119! 다운이 초록에게 외쳤다. 덜덜 떨리는 손으로 간신히 1, 1, 9를 다 눌렀을 때 다운의 목소리가 갑자기 높아졌다. 초록은 통화 버튼을 누르며 욕실로 뛰어 들어갔다. 다운의 무릎 위로 아름이 의식을 잃고 쓰러져 있었다.

유리창에 비친 다운에게서 시선을 거둔 초록이 한숨을 길게 내쉬었다.

"휘 왕자한테 무슨 일이라도 생기면 가만두지 않을 거야."

"어떡할 건데?"

"도투락댕기의 신상을 밝혀낼 거야. 쫓아다니며 괴롭힐 거야. 반드시 휘를 왕으로 만들고 말 거야, 내가. 그리고 시내랑은 절대 안 돼."

"왜? 판타지 로갠스에서 로맨스가 빠지면 곤란하지."

"몰라. 녹두랑 잘되면 되겠네 뭐."

리진이 크게 웃었다. 컵라면을 채워 넣던 다운이 돌아보았다.

"다운이 누나도 도투락댕기 팬이래."

"누나란 말 참 잘해."

초록이 못마땅한 말투로 말했다.

"나 학원 가야 해. 빨리 말해."

리진이 백팩에서 작은 밀폐 용기를 꺼냈다. 뚜껑을 열자 용기 안에 꿀약과가 들어 있었다. 온전한 꽃 모양이 아니라 떨어져 내린 꽃잎 같은 조각이 여러 개였다.

"약과가 왜 이래?"

"파지 약과야. 만들다가 상하거나 부서져서 정품으로는 못 팔게 된 거. 할머니가 한과 만드시거든. 맛은 좋아. 먹어 봐."

리진이 반 토막 난 약과 하나를 집어 초록에게 내밀었다. 꿀이 들어 윤기가 흐르는 약과는 조각이었지만 맛있어 보였다. 코끝에 스치는 꿀 향이 입맛을 돋웠다. 초록은 약과 끄트머리를 한 입 베어 물었다. 입안 가득 기분 좋은 단맛이 들어찼다. 초록은 남은 약과를 입에 쏙 넣고는 용기에서 파지 약과 하나를 더 꺼내 들었다.

"초록아. 너희 집 채식하지? 그러면 어머니가 채식 요리 잘하시겠네."

난데없는 채식 타령에 초록이 약과를 입에 문 채 리진을 쳐다보았다.

"아름 누나가 아토피여서 조심하느라 급식도 안 하는 거잖아."

"그건 언니 사정이고. 나는 아토피도 아니고 채식주의자도 아니야."

"판다야?"

"뭐?"

"판다가 그렇잖아. 원래 육식동물인데 대나무만 먹고 살잖아."

"난 판다도 아니고 대나무도 안 먹어. 송시내는 자발적 비건이지만 난 채식을 강요당한 거라고. 비자발적 비건이지. 그래서 난 급식하는 거야. 우리 엄마한테 이르기만 해."

초록이 주먹을 들어 보였다. 리진이 고개를 끄덕이며 약과 하나를 더 초록에게 건네주었다.

"초록아. 어머니께 도움 구할 일이 있어. 전에 도시락으로 싸 왔던 마라 두부버거 있잖아. 모닝빵 반 갈라서 만들었던 거."

마라 두부버거는 마라의 매콤함과 두부의 담백함이 잘 어울려서 초록도 좋아하는 엄마표 메뉴였다. 입에 침이 고였다.

"어머니께 레시피를 좀 얻을 수 있을까? 내가 너희 집에 가서 직접 배우면 더 좋고."

"우리 집에 오겠다고?"

눈이 동그래진 초록이 손가락으로 제 가슴팍을 가리켰다.

"유튜브에 다 나와."

"유튜브 보고 해 봤지. 그런데 마라소스 맛이 별로야. 안 돼?"

초록은 남은 약과를 마저 입속에 넣고는 오물거렸다. 강아지 상의 리진이 한껏 처진 눈으로 초록을 향해 웃어 보였다. 머리를 묶은 손수건이 목선을 따라 흘렀다. 초록은 과지 약과가 든 용기를 제 쪽으로 당겼다.

"엄마한테 물어볼게."

토요일 오후에 초록의 집으로 온 리진은 엄마에게 마라 두부버거의 레시피와 소스 만드는 비법을 배운 뒤 직접 만들어 합격 사인까지 받았다. 마라 두부버거는 단단하게 구운 두부에 마라 소스를 부어 간이 배게 졸인 후 가른 모닝빵 사이에 양상추를 깔고 피망, 구운 양파와 함께 넣는 간단한 요리였다. 긴 생머리 남학생의 모습에 뜨악했던 엄마는 싹싹하고 상냥한 리진에게 이내 호감을 보였고 리진이 채식 지향이며 채식 요리를 배우러 왔다는 말까지 들은 후에는 대견하고 기특하다는 칭찬을 아끼지 않았다. 초록이 방에서 뒹굴뒹굴하며 시간을 보낸 오후 내내 리진과 엄마, 아름이 있는 부엌에서는 웃음소리와 이야기가 끊이지 않았다. 궁금해서 나가 볼까 했지만 제 발로 나가려니 자존심이 상해 초록은 이어폰을 귀에 꽂고는 노래 볼륨을 높였다.

해 질 녘 깜박 졸다가 문 두드리는 소리에 나가 보니 리진이 현관에서 신발을 신고 있었다. 손에는 큰 소스 통이 들려 있었다. 마라소스 만들기가 너무 어렵다는 리진에게 엄마는 아예 대용량으로 소스를 만들어 주었다. 대충 봐도 몇십 명은 먹을 수 있는 양이었다. 리진이 가고 난 뒤 엄마에게 물었지만, 엄마는 비밀이라며 검지를 입술에 갖다 댔다.

비밀은 오래가지 않았다. 대용량 소스의 비밀은 월요일 점심시간에 모두 밝혀졌다.

천 마스크를 쓴 리진이 급식실 입구에 피켓을 들고 서 있었다. 다른 날과 달리 리진의 피켓 앞에는 급식용 테이블 하나가 가로로 길게 놓여 있었다. 그 옆으로 연두색 하드보드지가 올려진 미술용 이젤이 보였고 세로선이 그어진 하드보드지 왼쪽에 '맛있어요', 오른쪽에 '별로예요'라고 크고 둥근 손 글씨로 적혀 있었다. 이젤 한쪽에 걸어 둔 형광 별 스티커가 급식실 조명을 받아 반짝거렸다.

학생들이 테이블 앞으로 몰려들었다.

"마라 두부버거 맛보세요. 고기 대신 두부로 만든 패티가 들어 있어요."

급식 메뉴가 뜻밖이었는지 식판을 든 몇몇 학생이 슬금슬금 다가왔다. 리진은 티켓을 내려놓고는 위생장갑을 양손에 꼈다. 그리고 버거 반쪽을 집어 맨 앞에 선 3학년 여학생의 식판 위에 놓아주었다.

"파는 거니?"

"아뇨, 선배님. 제가 새벽에 일어나 직접 만들었어요. 고기 패티와 비교해 보세요."

리진이 식판에 올려 주는 버거를 받아 들면서도 학생들은 미심쩍은 표정을 숨기지 않았다. 그때 막 급식실에 들어온 성질 급한 남학생이 앞에 선 학생들 사이로 팔을 길게 뻗어 버거를 가져가더니 한입에 틀어 넣었다. 버거 앞에서 주저하던 학생들이 일제히 남학생을 돌아보았다. 몇 번 씹지도 않고 꿀꺽 삼킨 남학생이 눈을 치뜨며 잠시 고민에 빠지는가 싶더니 리진이 내민 별 스티커를 가져갔다. 이번엔 모두의 시선이 남학생의 손으로 쏠렸다. 장난스레 하드보드지의 왼쪽 오른쪽을 오가던 손이 마침내 멈췄다. 리진마저도 고개를 앞으로 내밀고 남학생의 손이 멈춘 곳을 보았다.

"두부 맞아? 마라소스 엄청 맛있네."

남학생이 '맛있어요' 쪽에 별 스티커를 붙이더니 냉큼 버거 하나를 더 가져가 입에 넣었다. 맛이 궁금해진 학생들이 식판을 앞

다투어 내밀자 리진의 손이 갑자기 바빠졌다. 종종걸음으로 급식실에 들어온 아름이 서둘러 마스크를 꺼내 썼다. 그리고 약속이나 한 듯 리진 옆으로 가서는 위생장갑을 끼고 버거를 들어 학생들의 식판에 하나씩 놓아 주었다.

"시식하고 별 스티커로 평가해 주세요."

시식 테이블의 반응은 기대 이상이었다. 테이블 가득 놓여 있던 버거가 빠른 속도로 줄어들었다. 선 자리에서 먹어 본 학생들이 고개를 끄덕이거나 갸웃거리며 별 스티커를 붙였다. 수업을 마치고 늦게 온 초록이 몰려선 학생들 사이에서 기웃거리다 학생들의 식판에 놓인 두부버거를 보고는 깜짝 놀랐다. 리진 옆에서 버거를 나눠 주는 아름을 보고서야 초록은 지난 주말에 엄마가 말한 비밀이 무엇인지 알게 되었다.

"학교 허락은 받은 거니?"

윤수였다.

"학교에 제안서 내고 허락받았어요. 영양사 선생님께도 미리 검사받았고요. 피켓은 맛이 없다던 선배님 조언이 큰 도움이 되었습니다. 감사합니다."

리진이 버거 하나를 들어 윤수에게 내밀었다.

"됐어."

윤수가 손을 들어 거절했다. 테이블에 남은 버거는 몇 개뿐이었다. 대신 윤수는 리진의 손에서 별 스티커 하나를 가져갔다.

잠시 하드보드지를 들여다보던 윤수가 '맛있어요' 밑에 스티커를 붙였다. 리진과 아름, 초록 그리고 모여 선 학생들이 영문을 모르겠다는 표정으로 윤수를 보았다. 윤수는 특유의 포커페이스로 무심하게 말했다.

"아이디어가 좋았어."

윤수의 칭찬에 기분이 좋아진 리진이 피켓을 높게 들어 올렸다. 남은 버거까지 다 나가자 테이블 앞은 텅 비었다. 초록은 앞에 놓인 이젤을 보았다.

맛있어요 아래 좀 더 많은 별 스티커가 붙어 있었다.

비건 기미나인 송시내 #5

글 도투락댕기

    그날 저녁 휘의 처소가 발칵 뒤집혔다. 소식을 들은 경빈 고 씨가 한걸음에 달려왔다. 방으로 들어선 경빈 고 씨는 더 놀란 얼굴로 우뚝 섰다. 쓰러졌다고 들은 휘는 멀쩡히 앉아 있고 휘의 이부자리에는 녹두가 누워 있었다.

    "어머니."

    어머니를 올려다보는 휘의 눈자위가 붉었다. 다가와 앉은 경빈 고 씨가 휘의 얼굴과 몸 여기저기를 다급히 살폈다. 이상이 없음을 확인하고서야 안도의 한숨을 내쉬었다.

    "너 잘못된 줄 알고 어미가 얼마나 놀랐는지 아느냐? 다행이다, 다행이야."

    "녹두가…… 녹두가…….""

    휘가 울먹이며 고개를 저었다. 울음을 애써 참느라 움켜쥔 두 손이 파르르 떨렸다. 경빈 고 씨는 휘의 손을 잡으며 잠든 녹두를 내려다보았다. 늘 발그레하던 볼이 핏기 없이 창백했다.

"도대체 어떻게 된 일이냐? 녹두가 왜 이렇게 된 게야?"

"그게…… 제가 준 갈비찜을 먹다가 그만……."

"상에 올린 음식을 먹고 잘못되었다는 말이냐? 김 상궁!"

"마마, 죽을죄를 지었사옵니다."

무릎을 꿇은 김 상궁이 바닥에 닿을 듯 머리를 조아리며 어찌할 바를 몰랐다.

"왕자가 먹을 음식을 기미도 안 한 것이냐? 대답하거라."

"왕자마마께서 송 나인의 기미를 재미있다 하시며……."

"송 나인이라면, 저 아이 말이냐?"

경빈 고 씨가 김 상궁 옆에 선 시내를 보며 물었다. 시내는 대답 대신 몸을 더 낮추었다.

"나인이 기미를 하다니? 하려거든 제대로 하든가. 무엇 때문에 탈이 난 것이냐?"

경빈 고 씨가 시내를 다그쳤다.

"어의 말로는 갈비찜에 독초가 들어간 것 같다고 합니다."

휘가 시내 대신 대답했다. 경빈 고 씨가 놀라 입을 다물지 못했다.

"독초라니? 이 무슨 큰일 날 소리냐? 분명 연 왕자 쪽의 짓이다. 세자 책봉을 앞두고 어떻게든 너를 쳐내려는 계략이야. 왕위가 아무리 탐나도 그렇지, 어찌 사람 목숨을 가지고. 내 이것들을. 일어서거라. 아바마마께 당장 고하자꾸나."

자리에서 벌떡 일어서는 경빈 고 씨를 휘가 붙잡았다.

"아닙니다. 어머니. 증거 없이 몰아세웠다가 거꾸로 누명을 씌우려 한다는 말을 들을 수도 있습니다. 반응을 보이지 않으면 오히려 저쪽에서 당황할 것입니다. 그때까지 지켜보시지요. 지금은 녹두의 회복이 먼저입니다."

경빈 고 씨가 아들의 뺨을 부드럽게 어루만졌다.

"왕자의 심성이 이리 고울 수가. 그래, 네 말이 옳다. 녹두부터 살리자꾸나. 왕자도 항상 몸조심해야 한다."

휘가 약속하듯 어머니의 두 손을 꼭 잡아 주었다. 경빈 고 씨를 배웅하고 돌아오니 시내가 녹두의 머리맡에 동그마니 앉아 있었다. 김 상궁을 내보낸 휘가 시내 옆으로 와 앉았다. 녹두는 깊게 잠들어 있었다.

"제 잘못입니다."

"네 잘못이 아니다."

이불 밖으로 나온 녹두의 손을 어루만지며 휘가 말했다. 배를 부여잡고 토하며 뒹구느라 하얗게 질렸던 녹두의 얼굴이 조금씩 혈색을 되찾고 있었다.

"녹두 아니었으면 왕자마마가 큰일 날 뻔했는데도요."

"그렇다면 녹두가 너와 나, 둘을 살린 거구나. 탕약을 먹였으니 한숨 자고 나면 괜찮아질 거야. 걱정 말거라."

휘는 녹두의 손을 이불 밑으로 넣어 주었다.

"오늘 일은 우리만 알고 있기로 하자. 연 왕자 쪽에서 은근히 물어오면 내가 갈비찜을 맛있게 잘 먹더라고 말을 흘려라."

"왜 덮으려 하십니까? 연 왕자 쪽의 소행임을 밝혀야 합니다."

시내가 주먹 쥔 두 손으로 바닥을 짚으며 목소리를 높였다. 쉿 하고 휘가 검지를 입술에 갖다 대며 문 쪽을 살폈다.

"심증만으로 일을 키우면 죄 없는 아랫사람들만 다칠 거야. 또 저쪽에서 누명을 씌운다고 우기면 오히려 우리가 큰 화를 입을 테고. 무엇보다…… 난 형제를 의심하고 싶지 않아."

앙다물어 바짝 올라갔던 시내의 입꼬리가 스르르 풀렸다. 휘를 물끄러미 바라보던 시내가 목소리를 낮춰 진지하게 물었다.

"왕이 되고 싶지 않습니까?"

휘가 설핏 웃었다.

"왕이 되면 무엇이 좋으냐? 기미를 하지 않고 밥 먹을 수 있느냐? 궁궐 밖을 내 맘대로 드나들 수 있느냐?"

대답을 궁리하며 시내가 눈동자를 이리저리 굴렸다. 휘는 몸을 쓱 기울여 시내의 맑은 눈동자를 들여다보았다.

"왕이 되면 말이다. 네 할아버지의 억울함은 풀어 줄 수 있겠구나. 그러면 너희 집안의 명예도 다시 찾을 수 있게 되겠지. 그건 참 좋겠구나."

시내의 양 볼이 붉어졌다. 시내는 녹두의 이마에 올려놓은 젖은 수건을 내려 대야의 찬물에 다시 적셨다. 고른 숨소리를 내며 잠든 녹두의 이마에 손을 올린 휘가 안도의 한숨을 길게 내쉬었다.

최선의 달걀말이

여느 점심시간과 다름없이 오리진은 급식실 입구에서 피켓을 들고 캠페인을 하고 있었다. 뒤늦게 급식실로 들어온 학생들 몇이 식판을 들고 배식구로 향했다. 리진도 피켓을 한쪽 벽에 세워 놓고 식판을 챙겨 들었다. 배식받은 식판을 두 손에 들고 리진이 빈자리를 찾아 두리번거리는데 건너편 자리에 앉아 있던 윤수가 손짓하며 일어섰다.

"난 다 먹었어. 여기 앉아 먹어."

리진이 고개를 꾸벅 숙이며 자리에 앉았다. 윤수가 리진의 식판을 흘깃 쳐다보았다.

"달걀말이 맛있던데. 일부러 안 먹는 거야?"

"꼭 그렇지는 않아요. 먹을 줄은 알아요."

"그러면 뭔데? 동물복지 달걀이 아니라서?"

리진이 어깨를 가볍게 들었다 내려놓았다.

"학교의 급식 예산은 한정되어 있어. 급식으로 달걀 반찬만 먹는 것도 아니고, 난각 번호 4번은 무조건 안 된다고 하기엔 예산상의 한계가 있단 말이야."

"4번? 4번이 뭔데?"

옆자리에서 둘의 대화를 듣고 있던 1학년 남학생이 말똥한 눈빛으로 리진에게 물었다. 운수가 대답했다.

"달걀을 잘 보면 난각 번호가 새겨져 있어. 숫자랑 영문이랑 섞어서 모두 10자린데 맨 앞 숫자 네 개는 산란 일자고 가운데 다섯 자리는 생산자 고유번호야. 그리고 마지막 한 자리가 지금 말한 사육환경 번호야. 1번은 방사 사육, 2번은 축사 안의 평사, 3번은 개선된 케이지, 4번이 기존 케이지. 사육한 환경이 좋은 1번, 2번이 동물복지 달걀로 분류되고 가격도 더 비싸. 우리가 흔히 생각하는 좁은 닭장은 4번이야. A4 용지보다도 좁지. 그 속에서 닭은 옴짝달싹 못 하고 짧은 삶을 살아."

학생 여러 명이 운수의 대답이 끝나자마자 일제히 손뼉을 쳤다.

"역시 이운수는 브레인이야."

"이번 전교 회장은 원톱이야. 무조건 이운수다."

"보드 동아리만 신설해 주면 난 그냥 찍는다."

비데 변기 설치, 교내 동전 노래방 등등, 몇몇이 원하는 공약을 늘어놓자 환호가 뒤따랐다. 추켜올리는 주위의 말을 무심한 표정으로 듣고만 있던 윤수가 뭔가를 곰곰이 생각하는가 싶더니 리진이 앉은 테이블을 톡톡 두드렸다. 리진이 밥을 뜨다 말고 고개를 들었다.

"오리진, 너 말이야, 내가 전교 회장 선거에 나가게 되면 고기 없는 월요일을 공약에 넣어달라고 했지?"

"네?"

멀뚱한 얼굴로 윤수를 올려다보던 리진의 눈이 이내 반짝 빛났다. 자리에서 벌떡 일어난 리진이 큰 소리로 대답했다.

"네!"

리진의 묶은 머리가 좌우로 경쾌하게 흔들렸다.

"선배님, 전교 회장 선거 나가게요?"

환호하던 학생들이 일제히 꿀 먹은 벙어리가 되었다. 상황 파악을 마친 학생들이 이번에는 기겁한 목소리로 "안 돼!" "고기 많은 월요일!" "지지 취소!"를 외쳤다. 윤수는 아랑곳하지 않았다.

"조건이 있어, 오리진."

모두의 시선이 윤수에게로 쏠렸다.

"조건이요?"

"네가 부회장으로 출마한다면!"

리진이 숟가락을 손에 든 채 뜨악한 표정을 지었다. 윤수가 풋 웃었다. 그러고는 식판을 들고 퇴식구 쪽으로 가 버렸다. 놀란 학생들도 할 말을 잊고 윤수와 리진을 번갈아 쳐다보기만 할 뿐이었다.

 방과 후였다. 고문 밖으로 우르르 몰려나온 학생들로 건널목 앞은 시끌벅적했다. 유력한 전교 회장 후보인 이윤수가 1학년 오리진에게 전교 부회장 출마를 권했다는 말은 순식간에 퍼졌다. "긴 머리 개?" "고기 없는 월요일 개?" "누구? 급식실 개?" 짓궂은 누군가가 멍멍, 개 짖는 소리를 내자 곁몇 아이들이 키득거렸다. 무선 이어폰을 나눠 낀 초록과 민지는 노래를 흥얼거리며 보행 신호를 기다렸다. 칼로 박자를 맞추며 고개를 까닥거리던 초록의 시선이 한 곳에 멈췄다. 마침 파란불로 신호가 바뀌었다. 초록은 귀에서 뺀 이어폰을 앞서 걷는 민지의 손에 쥐여 주었다. 민지를 향해 먼저 가라는 손짓을 하고는 초록은 돌아서 편의점으로 향했다. 유리에 부딪힌 오후 햇살이 눈에 부셨다. 초록은 유리에 두 손을 착 붙이며 얼굴을 가까이 갖다 댔다.
 "야! 오리진!"
 노트북 작업을 하던 리진이 귀신이라도 본 듯 놀라며 상체를 뒤로 뺐다. 초록이 편의점 안으로 쫓아 들어왔다. 편의점 안은 군것질거리를 사는 학생들로 분잡했다. 계산대의 다운은 계산하느라 바빴다. 리진이 앉은 자리로 곧장 걸어온 초록이 입을 떼려다 말고 노트북 화면을 힐긋 쳐다보았다. 한글 문서창이 열려 있었고 화면 가득 글이 빼곡했다. 리진이 얼른 노트북을 덮어 버렸다.

"뭔데 숨겨?"

"숨기긴. 그냥 끄적인 거야."

의심쩍은 얼굴로 리진을 보던 초록이 맞은편 자리에 앉자 동급생 몇이 은근한 시선으로 휘파람을 불었다. 초록이 두 주먹을 불끈 쥐며 성난 표정을 짓자 도망치듯 편의점을 나가 버렸다.

"오리진. 전교 부회장 선거 나간다며? 진짜야?"

초록이 다짜고짜 물었다. 리진은 선뜻 대답하지 않았다.

"고기 없는 월요일을 공약으로 걸 거라고 했다며? 네가 전교 회장이 되든 전교 부회장이 되든 알 바 아니지만 고기 없는 월요일은 절대 안 돼."

"초록이 너, 채식하잖아. 아름이 누나도 그렇고. 오히려 반겨야 하는 거 아냐?"

"내가 왜? 나 완전 고기 잘 먹고 엄청나게 좋아하거든. 진아름 때문에 반강제적으로 못 먹었을 뿐이야. 중학생 때까지는 나도 내가 고기 못 먹고 싫어하는 줄 알았는데 아니었어. 난 기미나인 송시내처럼 육식에 트라우마도 없고 진아름같이 알레르기도 없어. 그런데 부모님이 그렇게 먹이고 세뇌시킨 거야. 내 선택은 하나도 없었던 거지. 나는 그게 화가 나. 그래서 이제부터 내가 먹는 건 내가 선택할 거야. 고기든 풀이든."

"맞아. 비자발적이어서 싫었을 수 있어. 채식할 권리가 있듯이 육식할 권리도 있는 거니까. 내 말이 그 말이야. 채식을 해 본 적이 없는 학생들에게 채식의 경험을 줘 보자는 거야. 무조건 안 돼, 먹지 마, 이러는 게 아니라."

"오리진 너도 급식하고 고기 먹잖아. 그러면서 왜 자꾸 고기 없는 월요일 타령이야?"

"내 목표는 채식주의자가 아니기 때문이야. 채식은 혼자서도 얼마든지 할 수 있어. 초록아. 내 취미가 뭔지 알아?"

내내 진지하던 리진의 표정이 부드럽게 풀리며 양쪽 입꼬리가 올라갔다. 생각만으로도 미소가 지어지는 모양이었다. 초록이 입을 삐죽이 내밀었다.

"지구 덕질이야."

"지구 덕질? 아이돌 덕질 아니고?"

리진이 고개를 끄덕이며 웃었다.

"나한텐 지구가 아이돌이야. 지속 가능한 지구의 미래에 관심이 많거든."

"소 방귀에 관심 많은 건 이미 알지."

초록이 냄새가 난다는 듯 코 앞에서 손을 내저었다.

"웃자고 한 소리가 아니야. 온실 효과를 높이는 주범으로 에어컨이나 냉장고의 냉매와 자동차의 매연가스를 말하지만 소나 양의 방귀나 트림으로 나오는 메탄가스도 한몫하거든."

"네네."

초록이 귀를 파며 건성으로 대답했다.

"메탄가스를 줄이려면 가축 사육을 줄여야 해. 가축 사육을 줄이려면 육류 소비를 줄여야 하고. 아예 먹지 말잔 말이 아니라 줄여 보자는 거지. 환경적 이유든 윤리적 이유든 육식을 줄이려고 노력하는 사람들을 육식 저감주의자라고 불러. 고기 없는 월요일이 실천적 방법의 하나이고. 어때? 채식주의자란 말보다 덜 부담스럽지 않아?"

"그래서 너 정말, 전교 부회장 선거에 나가기라도 하겠다는 거야?"

초록이 편의점에 드나드는 학생들의 눈치를 한 번 살피더니 리진을 향해 상체를 바짝 기울이고는 속삭였다.

"음…… 그것도 좋은 방법이겠단 생각이 들어. 학생들의 의견도 정확히 알 수 있는 데다가 윤수 선배가 전교 회장이 되고 내가 전교 부회장이 되면 학교에 적극 제안하겠다고 했거든."

"그러다 윤수 선배도 너도 똑 떨어진다."

머리를 절레절레 흔들며 일어선 초록이 리진의 묶은 머리를 가리켰다.

"그 긴 머리가 불만인 남자애들도 많다고."

"왜?"

노트북을 가방에 넣고 따라 일어서던 리진의 눈이 동그래졌다.

"긴 머리 왕자님이라나 뭐라나, 여학생들이. 키 크고 마르고 얼굴이 하얘서 더 그렇다나 뭐라나."

초록의 대답이 늘어졌다. 이리저리 헛도는 초록의 시선을 따라 리진의 눈동자가 분주히 움직였다.

"오해하지 마. 난 아니야. 나 빼고야. 난 별로야. 분명히 말했다."

제 할 말을 마친 초록이 고개를 빳빳이 든 채 돌아섰다. 리진이 벙벙한 얼굴로 편의점 밖으로 나가는 초록을 쳐다보았다.

"거짓말."

계산대 앞에 선 다운이 말했다. 리진이 듀은 머리를 만지작거렸다.

"그렇게 별로예요?"

"초록이는 휘 왕자 광팬이야. 휘 왕자도 머리카락이 허리까지 내려오잖아. 괜히 그러는 거야."

가방을 어깨에 둘러멘 리진이 생수 하나를 꺼내 와 계산대에 올려놓았다.

"다훈이는 좀 어때요?"

"며칠 있다 퇴원해. 컨디션 괜찮아서 통원하며 지켜보기로 했어."

"다행이에요. 퇴원하자마자 또 도장으로 달려오겠네요."

"병원에서도 종일 태권도 동영상만 봐. 태권도 국가대표가 꿈인데 아파서 못하고 있으니 더 갑갑한가 봐. 관장님도 엄청 보고 싶어 해."

"아버지가 말씀하셨어요. 다훈이는 재능도 있고 끈기도 있는 태권소년이라고요."

다훈은 여섯 살 때부터 리진의 아버지가 운영하는 태권도장에 다녔다. 치료 중에는 절대 무리하면 안 되는데도 틈만 나면 도장으로 달려와 친구들이 수련하는 모습을 구경하거나 도장 구석에서 혼자 품새 연습을 하기도 했다. 리진도 아버지 도장에서 태권도를 배우기 때문에 다훈을 잘 알고 있었다.

"리진아. 나는 무조건 너 찍을 거야."

다운이 리진을 향해 엄지를 들어 보이며 용기를 북돋웠다.

"저는 지금까지 반장을 해 본 적도 없고 우등생도 아닌걸요."

리진이 머리를 긁적이며 말했다.

비건 기미나인 송시내 #6

글 도투락댕기

앓아누운 지 사흘 만에 녹두는 자리를 털고 일어났다. 하늘과 땅 같은 신분 차이에도 녹두를 제 형제처럼 여기며 아침 점심 저녁으로 처소를 드나들며 살핀 휘 왕자의 지극한 정성 덕분이었다. 또한 휘는 수라간에 은밀히 명을 내려 다친 위장을 달랠 죽을 만들게 한 뒤 한 끼도 거르지 않고 녹두에게 챙겨 보냈다. 심부름은 시내가 맡았다. 시내는 자기 대신 기미를 하다 목숨을 잃을 뻔한 녹두에게 미안한 마음이 컸다. 이부자리에 앉아 그릇을 손바닥에 받쳐 들고 죽을 먹는 녹두를 보며 시내는 비로소 안심했다.

"송 나인. 이 죽 이름이 뭐야?"

"왜? 맛이 없어?"

"아니. 죽 싫어하는데 아플 때 먹으니까 꿀맛이다. 너무 맛있어서 싹 나은 거 같다."

"녹두죽이라 그런가 보다ㅡ."

"이게 녹두야? 처음 먹어 본다. 송 나인. 내 이름이 왜 녹두인 줄 아니?"

"보는 사람 없는 데선 그냥 시내라 불러."

녹두가 숟가락을 입에 물고 헤실헤실 웃었다.

"아프니까 좋네. 너랑 친구도 되고."

"녹두꽃 피거나 녹두 열매 날 때 태어나서 이름이 녹두겠지."

"맞다. 녹두꽃 필 때 날 낳았다고 아버지한테 들었다. 근데 우리 엄마는 녹두 열매 맺는 건 못 봤다."

웃던 녹두의 얼굴에 그늘이 졌다.

"녹두 별명이 뭔지 아니? 독을 없애는 천연 해독제야. 성질이 차서 여름 더위도 식혀 주기 때문에 닭백숙에 꼭 들어가. 녹두는 고맙고 착하고 이롭지, 녹두처럼."

녹두가 녹두죽을 크게 한 숟갈 떠서 입으로 가져갔다.

"봐 봐. 녹두가 녹두 먹는다."

녹두죽을 맛있게 먹는 녹두를 보며 시내는 미소를 지었다. 이제 가벼운 마음으로 휘 왕자에게 돌아가 녹두의 회복을 알리면 되었다. 그때였다.

부서지는 소리와 함께 방문이 양쪽으로 활짝 열렸다. 놀란 녹두가 놓친 그릇이 바닥으로 굴러떨어졌다. 시내는 녹두를 제 뒤에 숨기며 돌아앉았다. 의금부 나졸 서넛이 신발을 신은 채 방 안까지 들어와 있었다. 맨 앞에 있던 나졸이 창을 바닥에 탁 내리꽂으며 말했다.

"네가 송시내, 송 나인이냐? 휘 왕자의 기미나인이 맞느냐?"

"맞습니다. 쿠슨 일이길래 신발도 못 벗고 방까지 들이닥친단 말입니까?"

"시내야. 저 뒤에 임 나인 아니냐?"

시내의 등 뒤에 바짝 붙어 녹두가 속삭였다. 녹두의 말대로 열린 문 너머 마당에 파랗게 질린 얼굴의 임 나인이 보였다. 생과방에서 일하는 윤 나인이었다. 앞선 나졸이 비켜서며 임 나인을 향해 큰 소리로 물었다.

"임 나인은 보아라. 어제저녁 생과방에서 네게 꿀을 빌려준 사람이 저 송 나인이더냐?"

"예. 맞습니다."

임 나인이 기어들어가는 목소리로 대답했다.

"송 나인이 빌려준 꿀로 만든 매작과를 오늘 낮에 연 왕자 다과상에 올린 것도 맞느냐?"

심상치 않은 분위기를 느낀 시내가 일어서려 하자 나졸 둘이 엇갈린 창으로 막아서며 주저앉혔다.

"임 나인은 어서 대답하라."

"그렇습니다."

시내의 눈길을 피해 고개를 푹 숙인 임 나인의 말이 들릴 듯 말 듯 작았다.

"당장 송 나인을 끌어내라!"

나졸의 말이 끝나자마자 옆에 있던 나졸 둘이 시내의 양팔을 붙잡았다. 녹두가 기겁하며 뒤에서 시내의 치맛자락을 잡아당겼다. 시내가 버티고 선 두 발에 힘을 주며 따져 물었다.

"놓아라. 죄가 없는 사람을 왜 잡아가는 것이냐!"

"죄가 없다? 매작과에서 독이 나왔는데도? 어서 끌고 가라."

두 나졸이 발버둥을 치는 시내를 번쩍 들어 올리더니 방 밖으로 나갔다. 홑옷에 버선발로 쫓아 나온 녹두가 어쩔 줄 몰라 했다.

"시내야! 시내야!"

"걱정하지 마. 나는 독을 넣지 않았어. 녹두야. 어서 가서 왕자 마마께 이 일을 알려. 얼른!"

"알았어. 알았어."

녹두가 허둥지둥 신을 꿰신으며 대답했다. 그러고도 잡혀가는 시내를 안절부절못하며 한참을 바라보다 정신이 난 듯 돌아서 휘 왕자의 처소가 있는 곳으로 날 듯이 달음박질했다.

휘가 시내를 찾아온 건 깊은 밤이었다. 그믐이라 달빛도 옅어 어두운 밤이었다. 의금부로 잡혀 온 시내는 뚝 떨어진 독방에 갇혔다. 어찌 된 영문인지도 모르고 밤까지 깊어져 시내의 마음은 더 갑갑했다. 죄를 따져 묻는다면 억울함을 밝힐 수 있을 텐데 묻는 사람 하나 없었다. 분명 녹두가 휘 왕자에게 이 소식을 전했을 테고, 연 왕자 쪽에서도 가만있지 않았을 것이다. 어쩌면 자신보다 휘 왕자가 더 큰 곤경에 처했을지도 모를 일이었다. 좁은 감옥 안을 서성이다 인기척에 내다보니 어둠 속에서 반가운 얼굴이 보였다. 녹두였다. 시내와 눈이 마주친 녹두가 급히 검지를 입술 위에 갖다 댔다. 그러고는 다시 사라졌다. 작은 창으로 귀한 달빛이 흘러 몇 걸음 앞까지 내다보였고 그 빛을 따라 소리 없이 휘가 시내 앞에 와 있었다. 눈을 피하느라 짙은 색의 옷에 갓을 깊게 눌러쓰고 있었다.

"시내야."

다가온 휘가 철창을 붙들며 시내와 마주 보았다.

"마마, 괜찮으십니까?"

"내 걱정을 왜 하느냐? 너야말로 괜찮니? 어디 다친 데는 없어?"

"저는 괜찮습니다. 매작과에서 독이 나왔다는데 무슨 말인지요?"

"연 왕자에게 올린 매작과를 기미한 상궁이 입술이 파래지며 토를 하다가 의식을 잃었다구나. 매작과를 만든 나인을 불러 물으니 반죽에 넣을 꿀이 떨어진 걸 보고 마침 지나가던 네가 밤꿀이 있다고 해서 빌려 쓴 거라고 했대."

무언가를 곰곰이 생각하던 시내가 물었다.

"제가 밤꿀을 어디서 꺼내 왔다고 하던가요?"

"오동나무 천장에서 꺼내 주었는데 녹색 비단보에 싸여 있었다고 들었다. 맞느냐?"

짐작한 그대로였다. 시내는 쓴웃음을 지었다.

"반만 맞습니다. 꿀단지는 녹색 비단보에 싸 오동나무 찬장에 넣어 두었고 보름 전에 꿀단지를 찬장에 넣을 때 임 나인도 옆에서 보았습니다. 하지만 반은 틀렸습니다. 임 나인은 꿀단지를 찬장에 넣는 걸 보았지, 꺼내는 걸 본 적은 없습니다."

"빌려준 적이 없다는 말이냐?"

"저는 요 며칠 생과방에 가지 못했습니다. 마마의 명으로 녹두에게 끼니 때마다 죽을 만들어 나르느라 바빴기 때문입니다. 임 나인이 제게 꿀을 빌렸다는 건 거짓말입니다. 분명 마마를 해하기 위한 음모입니다."

휘의 안색이 어두워졌다.

"왕위가 뭐길래 피를 나눈 형제끼리 목숨까지 노린단 말이냐."

어둠 속으로 휘의 긴 탄식이 흘렀다.

"갈비찜에 독을 넣은 것도 연 왕자 쪽의 소행입니다. 마마가 무사하고 아무 반응이 없으니 이번엔 반대의 술수를 쓰는 것입니다. 연 왕자를 독살하려던 우리의 소행으로 몰아가려는 거지요."

"날이 밝으면 아바마마 앞에서 모든 소행을 낱낱이 밝히고 너의 자백을 받아 내겠다며 벼르고 있어."

"잘못이 없으니 두려울 것도 없습니다."

시내는 철창을 붙든 두 손에 힘을 주었다.

"나는 그저 시내, 네가 다칠까 염려되어 그래. 다짜고짜 잡아

들이기부터 하지 않느냐. 그래서 말인데…… 시내야."

휘가 조심스럽게 말을 이었다.

"오늘밤 궁 밖으로 몸을 피하는 게 어떻겠느냐? 방법은 찾아 두었다."

시내가 고개를 가로저었다.

"아뇨. 이제는 숨지 않겠습니다. 할아버지와 바둑이가 몰매를 견디지 못하고 피 흘리며 죽어 가는 걸 저는 회화나무 위에 숨어서 보기만 했어요. 제가 또 숨으면 이번엔 왕자마마와 녹두가 곤경에 처할 것입니다."

시내의 대답은 단호했다.

"마마."

시내가 낮은 목소리로 휘를 불렀다.

"저는 내일 전하 앞에서 제 누명을 스스로 벗을 것입니다. 그리하는 데 필요한 도움이 있습니다. 녹두에게 은밀히 시킬 일입니다."

"그렇게 하마. 무얼 도우면 되겠느냐?"

시내는 대답은 하지 않고 입구를 살폈다. 벽에 붙어 망을 보던 녹두가 괜찮다는 듯 고개를 끄덕였다. 시내는 한 발짝 다가서며 휘에게 손짓했다. 휘가 반 발짝 다가서자 철창을 가운데 둔 둘의 얼굴이 닿을 듯 가까워졌다. 시내는 손을 동그랗게 말아 휘의 한쪽 귀에 갖다 대고는 속삭였다.

비건 쿠키
Yes or No

십 분만, 오 분만을 외치다 결국 엄마에게 등짝을 한 대 맞고서야 침대에서 일어난 초록은 고양이 세수만 하고는 허겁지겁 집을 나섰다. 오늘따라 도투락댕기의 작품이 일찍 업로드되어 꼭두새벽부터 잠을 설친 탓이었다. 이번 회는 후킹 포인트까지 절묘했다. 비건 기미나인인 시내가 누명을 벗을 방법이 무엇인지도 궁금했지만, 초록을 더 신경 쓰게 한 건 따로 있었다. 이불을 덮었다가 제쳤다가, 바로 누웠다가 모로 누웠다가를 무한 반복하며 한 장면만을 생각했다.

  건널목 앞에서 제자리 뛰기를 하던 초록은 파란불로 바뀌자마자 교문을 향해 달렸다. 교문 앞에서는 전교 회장, 전교 부회장 후보자들과 선거운동원들이 양쪽으로 나눠 서서 피켓을 흔들고 플라스틱 나팔을 불며 등교하는 학생들의 지지를 구하고 있었다. 전교 회장에 입후보한 윤수의 모습도 보였다. 급식실에서 보던 익숙한 화이트보드 피켓이 몇 걸음 떨어진 곳에서 높게 흔들렸다. 피켓에는 '고기 없는 월요일, 정규 급식으로'라고 씌어 있었다. 그 옆에 새 피켓을 든 진아름도 함께였다. 진아름의 피켓에는 '우리 학교 까치감 문방구―나눠 쓰고 물려주고'라고 씌어 있었다. 일요일이었던 어제 오후, 엄마와 오리진을 도와 베이킹을 하던 진아름이 선거 운동을 돕겠다고 밝혔기 때문에 별로 놀랍지도 않았다. 초록은 나란히 선 오리진과 진아름을 두 팔로 가르며 그 사이로 끼어들었다. 반가워하는 진아름도 본체만체하며 초록은 리진의 얼굴 앞으로 대뜸 휴대폰을 들이댔다. 화면에는 〈비건 기기나인 손시내〉의 일러스트 표지가 열려 있었다. 철창을 사이에 둔 휘 왕자와 기미나인 시내가 얼굴이 맞닿을 듯 바짝 다가서서 서로를 애틋하게 바라보고 있는, 순정 만화 느낌 가득한 그림이었다. 아름이 슬쩍 보더니 그럴 줄 알았다는 듯 입술을 말아 물며 웃음을 참았다.

"봤어? 뭐야? 썸이야? 그런 거야?"

혼잣말인지 질문인지 알 수 없는 말을 내뱉으며 초록은 두 팔을 흔들고 두 발을 굴렀다. 율동 비슷해서 마치 오리진의 선거 운동을 돕는 듯도 였다.

"시내랑 잘되면 좋잖아."

"노, 노, 노! 어디 감히. 무엄하다!"

초록이 불끈 쥔 두 주먹을 리진의 눈앞에서 흔들어댔다. 섀도복싱을 하듯 요리조리 피하던 리진이 휴대폰을 쥔 초록의 손목을 낚아채듯 잡아 초록의 얼굴 옆으로 가져갔다. 초록과 일러스트의 시내 얼굴이 나란히 보였다.

"닮았다."

진지한 얼굴로 리진이 말했다.

"누가?"

덩달아 진지해진 초록이 물었다.

"진초록이랑 송시내랑. 맞죠? 아름 누나."

아름이 피켓을 내리며 화면을 유심히 들여다보았다.

"글쎄…… 내가 보기에는, 리진이랑 휘 왕자가 더 닮은 거 같은데. 긴 머리에 무쌍까지."

"언니!"

초록이 발끈하여 소리를 빽 질렀다. 피켓 뒤에 숨으며 아름이 속삭였다.

"초록이 화났다. 언니라고 부르면 진짜 화난 거야."

"기호 2번, 오리진입니다. 소중한 한 표 부탁드립니다."

리진이 아름이 든 피켓을 가리키며 초록을 향해 싱긋 웃었다. 그러고는 자신의 피켓을 높게 들어 흔들며 다시 큰 목소리로 학생들을 향해 외쳤다.

"빈 교실을 활용해 까치감 문방구를 만들겠습니다. 까치감 문방구는 우리 학교 공유 문방구입니다. 책상 서랍 속에 잠든 문구, 참고서, 체육용품 등 청소년이 쓰는 물건이면 다 좋습니다. 버리지 말고 가져오세요. 함께 쓰고 나눠 써요."

학생들의 반응은 시큰둥했다. 까치감이란 단어가 귀를 솔깃하게 했지만, 공약 자체에 대한 기대나 관심은 없었다. 오히려 눈길을 잡아끄는 건 맞은편에 선 기호 1번 최민영의 공약이었다. '교내 보드게임방, 코인 노래방 신설'은 기대보단 기호, 관심보단 흥미에 맞춘 공약이었다. 중학교 전교 회장 출신인 최민영은 선거 유경험자답게 숫자 1이 크게 박힌 형광 티를 입고 같은 색으로 맞춘 모자까지 쓴 채 선거운동원들과 함께 손 율동을 하고 있었다.

"청소년 채식 선택권을 제안합니다. 고기 없는 월요일을 정규 급식으로."

아름이 피켓을 머리 위로 치켜들며 공약을 또박또박 분명한 발음으로 외쳤다. 초록은 아름의 모습에 놀랐다. 가족 앞에서도 목소리 높여 자기주장을 해 본 적이 한 번도 없는 아름이었기 때문이다. 아기 때부터 앓은 아토피로 남의 시선과 불필요한 관심에 쉽게 노출되었던 아름은 사춘기를 지나며 말수가 줄며 내성적으로 변했고 자신을 드러내는 걸 몹시 꺼렸다. 그런 아름이 제 발로 사람들 앞에 나가서 자기 목소리를 내는 것이었다.

'급식실 사건으로 리진에게 빚진 마음이라도 생긴 건가? 겨우 그 일 하나로? 그럼 나는? 동생으로 태어나 지금까지 풀밭만 헤맨 나는? 생일에도 소고기미역국 못 얻어먹는 나는? 성분표부터 확인하는 게 습관이 돼 무엇이든 뒷면부터 들여다보는 악취미가 생기고 만 나는? 진아름이란 태양을 향해 빙글빙글 돌아가는 지구 같은 엄마, 아빠와 그런 부모 주위를 달처럼 맴돌며 짝사랑만 해 온 나는?'

초록은 달라진 아름의 모습이 반가우면서도 못마땅했다. 아름을 향해 서 있는 리진의 뒤통수는 더 보기 싫었다. 묶은 머리가 약 올리듯 눈앞에서 흔들렸다. 초록이 팔을 뻗어 머리채를 막 잡아채려는데 리진이 휙 돌아섰다. 초록은 황급히 손을 거두며 딴청을 했다.

"초록아. 오후에 후보자 선거 연설 할 때 좀 도와줘."

"진아름 있잖아."

초록은 한껏 못마땅한 표정을 지으며 턱짓으로 아름을 가리켰다.

"네 도움도 필요해."

"나 1번 찍을 건데. 보드게임 좋아하거든."

"정말?"

리진의 얼굴이 금세 시무룩해졌다.

수업을 알리는 벨 소리가 울렸다. 유세하던 후보자와 선거운동원들이 마지막 구호를 외치고는 자리를 정리하기 시작했다. 피켓 두 개가 전부인 리진과 아름은 피켓을 내려 들고는 본관을 향해 걸었다. 누군가 리진의 어깨를 툭 치며 지나갔다. 윤수였다.

"기호 2번! 오리진!"

리진은 윤수의 등 뒤에서 피켓을 번쩍 들어 흔들며 외쳤다. 윤수는 돌아보지 않았다. 대신 얼굴 옆으로 슬쩍 검지와 중지, 손가락 두 개를 펴 보였다. 브이였다. 리진은 싱긋 웃었다.

6교시가 되자 전교생이 체육관으로 모였다. 전교 학생회장과 부회장 선거에 나온 후보자들의 연설을 듣기 위해서였다. 입후보한 학생은 전교 회장에 출마한 2학년 이윤수와 박지호, 전교 부회장에 출마한 1학년 최민영과 오리진, 이렇게 네 명이었다. 입시 준비로 바쁜 3학년에게는 투표권만 주어졌다. 지난해 전교 부회장이었던 이윤수는 성실한 공약 이행을 인정받아 높은 지지를 받았고 무난히 전교 회장에도 당선될 것으로 예상되었다. 적은 말수에 중성적인 외모의 신비주의도 인기 비결이었다. 윤수의 핵심 공약은 두 가지로, '여름 교복 반바지 추가 선택권'과 '우리 학교 마스코트 공모 & 굿즈 제작'이었다. 반바지 교복은 지난해 전교 회장의 공약이었지만 교장 선생님의 퇴임과 맞물리는 바람에 흐지부지되고 말았다. 전교 부회장으로 함께 일했던 윤수가 공약을 이어받아 이번 해에는 반드시 지키겠다고 약속한 것이었다. 또한 펭수나 라이언 같은 학교 마스코트를 공모로 선정하고 이모티콘과 굿즈로 제작해 학교를 홍보하고 학생의 자긍심을 높이는 데 적극 활용하겠다고 했다. 수익이 발생하면 급식실에 슬러시 기계를 설치해 여름 한정으로 무료 제공하겠다는 윤수의 말에 학생들이 열광했다. 지켜보던 수학 선생님이 큰 소리로 "소프트아이스크림도." 하고 외치자 박수가 터져 나왔다. 다음 연설 순서인 기호 2번 박지호가 이미 진 표정으로 손뼉 치는 시늉을 했다.

전교 회장 후보 연설에 이어 전교 부회장 후보자 두 명의 연설이 이어졌다. 초등학교 때 잠시 아이돌 가수 연습생이었다는 기호 1번 최민영은 코인 노래방 공약을 특기인 랩으로 소개했다. 현호가 앞으로 나오더니 민영의 랩 비트에 맞춰 브레이킹으로 분위기를 띄웠다. 주먹을 쥐었다 폈다 하며 긴장을 푸는 리진을 보며 초록은 한숨을 쉬었다. 아름과 다운은 딴 곳만 보고 있었다. 연설을 마치고 내려오는 민영을 연호하는 지지자들을 지나 리진이 마지막으로 단상에 올랐다. 허리를 숙여 인사를 한 리진이 묶은 머리를 어깨 뒤로 넘기며 몸을 세우자 여학생들이 은근한 환호를 보냈다. 못마땅한 남학생들이 야유를 보냈다. 리진이 단상 아래의 초록과 아름, 다운에게 눈짓을 보냈다. 셋은 발치에 두었던 라탄 바구니를 들고 1학년, 2학년, 3학년에게로 향했다. 바구니에는 포장하지 않은 작은 쿠키가 소보록하게 담겨 있었다. 초록과 아름, 다운은 학생들에게 쿠키를 하나씩 나눠 주었다. 리진이 큰 목소리로 말했다.

"제가 만든 쿠키입니다. 비닐을 낭비하지 않기 위해 포장은 따로 하지 않았습니다."

점심을 먹은 지 두어 시간이 지나 출출할 때라 학생들은 쿠키를 입에 쏙쏙 집어 넣고 오물거렸다.

"이상하다. 쿠키에서 쑥떡 맛이 나."

앞줄의 3학년이 고개를 갸웃거렸다.

"맞습니다, 선배님. 쑥 쿠키입니다. 강화도에 사시는 이모가 직접 뜯고 말려 보내 주신 약쑥을 넣어 만들었어요."

맛이 궁금해진 다른 학생들이 손에 든 쿠키를 얼른 입으로 가져갔다. 쿠키 한 개로는 성이 안 차는 학생들이 바구니 주변으로 모여들었다. 고개를 끄덕이며 쿠키를 마저 먹는 학생들도 보였다.

"저의 대표 공약은 '고기 없는 월요일, 저탄소 환경급식'입니다. 저탄소 환경급식은 생산 과정에서 메탄가스를 뿜는 육류 대신 채식으로 마련된 식단을 말합니다. 메탄가스는 지구온난화의 주범이고요."

리진이 챙겨 올라간 스케치북 크기의 사진 두 장 중에서 한 장을 꺼내 학생들 쪽으로 높지 들어 보였다.

"이 사진은 영국의 아마추어 사진가가 찍은 야생 사진입니다. 북극곰 한 마리가 표류하는 빙하 조각 위에서 웅크린 채 잠들어 있습니다. 지구온난화를 그대로 둔다면 이 작은 얼음 침대는 결국 녹아 없어질 겁니다."

리진은 북극곰 사진을 내리고 다른 사진을 들어 보였다.

"그리고 이 사진은 공장식 축산을 하는 돼지 사육장의 모습입니다. 이 어미 돼지는 몸을 제대로 움직일 수 없는 스톨에 갇혀 대여섯 번의 출산을 반복하다 도축되고 맙니다. 이 비좁은 스톨은 돼지에게 집이자 관인 것입니다."

사진이 잘 보이는 앞쪽에 선 여러 학생이 눈살을 찌푸리며 고개를 돌려 버렸다. 다른 몇 명의 학생은 두 손으로 입을 막으며 탄식했다. 뒤편에 선 3학년 남학생이 목소리를 높였다.

"야, 오리진. 쿠키 하나 먹여 놓고 무슨 딴소리야! 우리도 다 알아."

리진이 이번엔 북극곰 사진과 돼지 사진을 나란히 들어 보였다.

"네, 선배님. 맞습니다. 아니까 해 보자는 겁니다. 혼자 말고 같이 해 보자는 겁니다. 고작 한 끼가 모이면 북극곰의 얼음 침대를 지킬 수 있습니다. 저탄소 환경급식이 돼지, 소, 닭의 사육 환경을 개선할 수 있습니다."

"성장기에는 무조건 잘 먹어야 한단 말이야."

"그건 국가의 일이야. 개인이 애쓴다고 쉽게 달라지지 않아."

"먹기 싫으면 너나 먹지 마. 왜 강요해?"

여기저기서 반론과 불만이 터져 나왔다. '기호 2번 노리진'이라 외치며 대놓고 싫은 티를 내기도 했다. 학생들이 술렁이자 체

체육관 안의 분위기가 어수선해졌다. 쿠키를 바구니에 도로 갖다 넣는 학생들도 있었다. 리진은 아랑곳하지 않고 말을 이었다. 긴장한 모습은 사라지고 눈빛은 단단했다.

"아까 나눠 드린 쿠키는 비건 쿠키입니다. 쿠키에는 달걀, 우유, 버터가 들어가지 않았습니다. 오늘 우린 저탄소 환경 운동을 실천한 것입니다. 어렵지 않습니다. 고기 없는 월요일로 시작하면 됩니다."

리진의 공약 발표를 마지막으로 후보자 선거 연설은 끝났다. 선거는 이틀 뒤였다. 벨이 울리자 기다렸다는 듯 학생들이 썰물처럼 체육관을 빠져나갔다.

"도와줘서 고마워요, 아름 누나, 다운 누나. 고맙다, 초록아."

단상을 내려온 리진이 멈춰 서더니 혼잣말처럼 중얼거렸다.

"아름…… 다운…… 초록? 아름, 다운, 초록?"

보물이라도 찾은 듯 리진의 눈이 커졌다.

"아름다운초록! 대박!"

아름, 다운, 초록은 못 들은 척 딴청을 부렸다. 체육관 출입구로 향하던 전교 부회장 후보 민영이 걸음을 돌리더니 초록 앞에 와 섰다. 민영은 초록과 초등학교, 중학교 동창이었고 같은 아파트, 같은 동에 살아서 서로 잘 알았다.

"진초록, 섭섭하다. 같이 한 젠가랑 할리갈리가 몇 판인데."

"잠깐 도와준 거야. 안 그래?"

초록이 아름의 옆구리를 툭 치고는 리진에게 바구니를 떠넘겼다.

"맞아. 내가 도와 달랬어."

아름이 한 박자 늦게 고개를 끄덕이며 대답했다. 리진이 바구니에서 꺼낸 쿠키 하나를 건네자 민영이 가슴 앞에서 두 손바닥을 펴 보이며 물러섰다. 그러고는 리진과 쿠키를 번갈아 가며 손가락질한 뒤 돌아서 가 버렸다.

"분위기가 싸늘한데……."

다운이 민영의 뒷모습에서 눈을 떼지 않으며 말했다.

"아름다운초록! 우리도 얼른 가자. 수업 시간 다 됐어."

리진이 아름과 다운이 든 바구니를 거둬 자신의 바구니에 포개 들고는 재촉했다. 넷은 체육관에서 본관으로 이어지는 복도를 따라 잰걸음으로 뛰었다.

다운의 불길한 느낌은 다음 날, 결국 현실이 되고 말았다.

비건 기미나인 송시내 #7

글 도투락댕기

날이 밝자마자 시내는 왕 앞에 불려 나갔다. 왕의 거처인 대전은 휘 왕자의 처소보다 훨씬 넓었다. 시내는 너른 마루 한가운데 무릎을 꿇고 앉아 정면에 높이 앉은 왕을 올려다보았다. 왕의 양 옆 아래쪽으로 경빈 고 씨와 휘 왕자, 소의 김 씨와 연 왕자가 마주 보며 앉아 있었다. 시내는 고개를 돌려 나란히 앉은 임 나인을 보았다. 그리고 두 손을 공손히 모으고 서 있는 내관과 궁녀들도 훑어보았다. 두 왕자의 처소에서 일하는 이들이었다. 시나와 눈이 마주친 녹두가 비장한 눈빛으로 고개를 끄덕였다. 왕이 말했다.

"감히 누가 이런 무도한 짓을 저질렀단 말인가? 세자 책봉을 앞두고 두 왕자를 둘러싼 세력 다툼이 치열한 것은 알고 있었지만, 이 정도일 줄이야. 낳은 어미는 달라도 한 형제이거늘 아무리 왕위가 탐나도 그렇지. 어찌 피붙이의 목숨까지 노린단 말인가?"

왕은 노기 띤 얼굴로 두 왕자를 번갈아 보았다. 마주 앉은 휘와 연 사이에 팽팽한 긴장감이 흘렀다.

"임 나인은 묻는 말에 답하라."

임 나인이 머리를 조아리며 대답했다.

"연 왕자에게 올린 다과에서 독이 나온 게 사실이냐?"

"그러하옵니다. 저는 어제 낮에 매작과와 수정과로 차린 다과상을 왕자님께 올렸습니다. 그런데 기미를 보던 박 상궁마마가 갑자기 헛구역질하며 안색이 창백하게 변하더니 바로 혼절하고 말았습니다."

"너는 매작과 반죽에 쓴 꿀에 독이 섞여 있었으며, 그 꿀은 생과방에 같이 있던 송 나인이 빌려 준 것이라고 했다. 맞느냐?"

"분명하옵니다. 생과방에 같이 있던 송 나인이 오동나무 찬장에서 밤꿀 단지를 꺼내더니 한 국자 덜어 주었습니다. 휘 왕자마마의 외가에서 보낸 꿀이라고 했습니다."

대전에 모인 사람들이 일제히 술렁였다. 오직 시내만이 흐트러짐 없이 꼿꼿하게 앉아 있었다.

"송 나인에게 묻겠다. 임 나인이 한 말이 맞느냐?"

시내는 얼른 대답하지 않았다. 녹두가 선 자리에서 동동 발을 굴렀다.

"임 나인의 말은 틀렸습니다."

"감히 어디서 거짓말을 하느냐? 연 왕자를 해하기 위해 네가 꾸민 짓이 명백하거늘."

소의 김 씨가 손으로 바닥을 내리치며 목소리를 높였다.

"마마. 이는 분명히 우리 연 왕자가 세자가 되는 것에 반대하는 이들의 계략입니다. 나인 혼자 벌인 일이 절대 아닙니다."

"소의! 말조심하세요. 세자 자리를 꿰차려고 우리 쪽에서 벌인 일이란 말입니까?"

이번엔 경빈 고 씨가 발끈하며 나섰다. 왕이 손을 들어 말렸다.

"송 나인, 할 말 있느냐?"

왕의 물음에 기다렸다는 듯 시내가 고개를 들었다.

"저의 누명을 밝혀 줄 사람이 대전 밖에 있습니다. 그를 이 자리에 불러 주십시오."

놀라 돌아보는 임 나인을 시내는 매서운 눈으로 쏘아보았. 잠시 뒤 문이 열리고 허름한 평복 차림의 나이 든 남자가 들어왔다. 남자는 왕에게 큰절을 올리고는 자신의 신분을 밝혔다.

"저는 청계산 자락에서 삼십 년 넘게 양봉을 하는 노명수라고 합니다. 할아버지부터 대대로 벌을 키웠습니다. 봄이 오면 남녘부터 벌 따라 움직이며 북녘 끝까지 올라갑니다."

"꿀에 대해서라면 누구보다 잘 알겠구나. 맛을 보고 꿀의 종류를 알아맞힐 수 있느냐?"

한마디 말도 없이 지켜만 보던 휘가 입을 열었다.

"빛깔만 보고도 맞출 수 있습니다. 맛까지 보면 틀리기가 더 어렵습니다."

노명수의 말이 끝나자마자 휘가 녹두에게 눈짓을 보냈다. 녹두가 뒤편으로 돌아가더니 소반 하나를 들고 나왔다. 모든 시선이 소반에 쏠렸다.

"연 왕자마마 다과상에 올리고 남은 매작과와 임 나인이 송 나인에게 빌려 썼다는 밤꿀이 든 단지입니다. 오동나무 찬장에서 꺼내 왔습니다."

녹두가 노명수 앞에 소반을 내려놓은 뒤 뒷걸음으로 물러났다.

"매작과부터 맛보거라."

휘가 말했다. 노명수는 매작과 하나를 반으로 쪼개 입으로 가져갔다. 다 먹기를 기다려 휘가 다시 물었다.

"매작과 반죽에 들어간 꿀이 어떤 꿀인지 알겠느냐?"

"네, 마마. 밤꿀입니다. 밤꿀은 밤꽃의 진한 향과 쓴맛이 특징입니다."

노명수의 대답에는 조금의 주저함도 없었다.

"이번엔 꿀을 맛보거라."

물을 청해 입안을 헹군 다음 노명수는 꿀단지를 열어 향부터 맡았다. 그러고는 꿀 한 숟가락을 종지에 덜어 낸 후 약지로 찍어 맛을 보았다. 임 나인이 미간을 바짝 좁히며 노명수를 보았다.

"매작과 반죽에 들어간 꿀과 같은 것이다. 밤꿀이 맞느냐?"

"매작과에 들어간 꿀과 단지의 꿀이 같은 꿀이라고 하셨습니까?"

노명수가 고개를 갸웃하더니 다시 약지로 꿀을 떠 입으로 가져갔다.

"꿀단지의 꿀은 밤꿀이 아닙니다."

대전에 있던 모든 이들이 깜짝 놀라 웅성거렸다. 노명수가 확신에 찬 말투로 이어 말했다

"유채꿀입니다. 탐라에서만 나는 아주 귀한 꿀이지요. 다른 꿀보다 색이 밝고 닭으며 은은하면서도 감미로운 맛이 납니다."

"같은 꿀이 아니라니? 송 나인! 어찌 된 일인지 어서 낱낱이 고하거라."

왕의 목소리는 낮았지만 검했다. 시내와 눈이 마주친 휘가 가볍게 고개를 끄덕였다.

"한 달 전의 일입니다. 탐라에 있는 휘 왕자마마의 외가에서 배편으로 나오는 이를 통해 유채꿀을 보내 주었습니다. 경빈마마는 제게 꿀단지를 맡기며 몸이 약한 왕자님께 약처럼 챙겨 올리라 말씀하셨습니다. 생과방으로 가져와 오동나무 찬장에 넣는데 마침 들어온 임 나인이 무엇이냐고 물었고, 유채란 말이 얼른 생각나지 않은 저는 밤꿀이라고 둘러 말했습니다."

말을 마친 시내가 임 나인을 쳐다보았다. 임 나인의 두 눈동자가 불안하게 흔들렸다.

"임 나인의 말대로 제가 빌려 준 꿀로 반죽했다면 매작과에는 반드시 유채꿀이 들어갔어야 합니다. 하지만 매작과에 들어간 꿀은 유채꿀이 아닌 밤꿀입니다. 반죽에 독을 넣은 건 제가 아니라 임 나인입니다. 제게 없는 죄를 물어 휘 왕자마마를 배후로 지목

한 후 세자 후보에서 완전히 배제하려 한 무서운 계략입니다."

"죽을죄를 지었습니다. 마마, 용서해 주십시오."

임 나인이 온몸을 벌벌 떨며 두 손바닥이 닳도록 빌었다. 경빈 고 씨가 꺼질 듯 한숨을 쉬며 휘 왕자의 손을 잡았다. 휘는 어머니의 손등에 자기 손을 포개며 옅은 미소를 보냈다.

"이 엄청난 일을 임 나인 혼자 저질렀다는 건 말이 안 된다. 연 왕자는 아무것도 몰랐느냐. 연아, 대답해 보아라."

왕이 다그쳤지만 연 왕자는 우물쭈물하며 얼른 대답하지 못했다.

"마마. 송 나인의 말을 믿으시면 안 됩니다."

연 왕자의 어머니, 소의 김 씨가 끼어들며 연의 말을 막았다. 그러고는 시내를 매섭게 노려보았다.

"저 아이는 결코 궁에 들여선 안 될 역적의 자손입니다."

역적이란 말에 왕을 비롯해 대전에 있던 모든 사람이 깜짝 놀라 일제히 시내를 바라보았다. 몸을 바로 세우고 앉은 시내는 그 누구의 시선도 피하지 않았다. 그중 가장 많이 놀란 사람은 경빈 고 씨와 녹두였다. 눈이 두 배로 커진 녹두가 어떻게든 시내와 눈을 맞추려 했으나 시내의 시선은 마룻바닥에 꽂혀 있었다. 경빈 고 씨의 얼굴이 다시 사색이 되었다. 휘는 탄식하며 눈을 감았다.

"역적의 자손?"

"그렇사옵니다, 전하. 저 못된 것의 이름은 바로 송시내입니다. 돌아가신 선대왕의 아들인 진 왕자를 휘, 연과 함께 세자 후보에 올려야 한다는 상소를 올렸던 파면된 사간원 대사간 송덕현, 바로 그자의 손녀입니다."

소의 김 씨가 기세등등하게 말을 쏟아냈다. 시내가 양반 가문의 자식이란 말에 자리에 있던 사람들은 다시 놀랐다. 고개를 조아리고 있던 임 나인도 벌어진 입을 다물지 못했다. 진 옹자는 선대왕의 하나뿐인 아들이었지만 태어난 지 얼마 되지 않아 아버지를 잃는 바람에 왕위에 오르지 못했다. 뒤를 이어 왕위에 오른 사람은 선대왕의 동생인 지금의 왕이었다.

시내는 몸을 꼿꼿이 세우며 왕을 똑바로 바라보았다.

"제 할아버지는 역적이 아닙니다. 역모를 꾀한 적도 없습니다. 바른말을 하다 간신들의 모략으로 감옥에서 억울하게 돌아가셨습니다."

당당한 자서에서 나온 목소리는 떳떳했고 흔들림이 없었다.

"아들은 귀양을 가고 며느리와 손자 둘은 모두 관노와 관비가 되었는데 어찌 송덕현의 손녀가 궁궐에 들어왔단 말이냐? 멸문된 집안의 딸이 어찌 왕자를 모시는 기미나인이 될 수 있었던 것이냐? 정말 네가 송덕현의 손녀가 맞느냐?"

"전하, 다 밝히겠습니다. 그러니 부디 저의 말을 들어주십시오. 집안은 쑥대밭이 되고 가족은 큰 화를 입었지만 저는 유모가 숨겨 준 덕분에 관비로 끌려가지 않았습니다. 유모의 자식으로 살다 더 늦기 전에 할아버지의 억울함을 밝히고 가문의 명예를 되찾고자 제 발로 궁에 들어온 것입니다."

"드디어 제 입으로 실토하는구나. 마마, 저 아이는 무서운 한을 품고 궁에 들어온 것입니다. 휘 왕자 편에 서서 세자로 가장 유력한 우리 연 왕자부터 해치려 했던 것입니다. 속으시면 안 됩니다."

"송 나인은 아무런 잘못도 없음이 밝혀졌습니다. 그런데도 소의마마가 계속 송 나인을 몰아세우신다면 저 또한 며칠 전 제게 있었던 불미스러운 일을 아바마마에게 고하지 않을 수 없습니다."

소의 김 씨가 매작과 사건을 다시 시내의 소행으로 몰고 가려 하자 지켜만 보던 휘가 입을 열었다. 얼음처럼 차가운 표정과 돌처럼 단단한 말투에서 함부로 대하기 어려운 힘이 느껴졌다. 소의 김 씨의 다문 입술이 파르르 떨렸다.

"도대체 무슨 수로 네 할아버지의 죄를 벗기겠다는 것이냐? 송덕현이 올린 불경스럽고 무도한 상소가 반역의 명백한 증거다. 나의 두 아들이 아닌, 돌아가신 형님의 아들을 세자로 만들어 권력을 잡으려던 발칙한 계략임이 분명하다. 송덕현도 자신이 써 올린 상소라는 점은 인정했다. 할 말 있느냐?"

왕의 말은 엄했다. 시내는 무릎 위로 맞잡은 두 손에 힘을 주었다.

"역모가 아님을 증명할 것을 갖고 있습니다."

"그게 무엇이냐?"

"편지입니다."

"편지? 누가 누구에게 쓴 것이냐?"

시내는 잠시 주저했지만 결심을 굳힌 뒤 말했다.

"선대왕께서 돌아가시기 전 제 할아버지에게 보낸 편지입니다."

등받이에 기댔던 상체를 일으킨 왕이 놀란 마음을 애써 다스리며 되물었다.

"내 형님이 대사간 송덕현에게 편지를 보냈다니. 왜? 편지는 어디 있느냐? 어디서 났느냐? 당장 내보이거라."

"할아버지, 아버지, 어머니 그리고 오빠와 동생 모두 잡혀간 그 밤에 할아버지의 서책 사이에서 찾은 것입니다. 나졸들이 때려 죽인 바둑이를 묻어 주고 유모 집으로 도망갈 때 몸에 지니고 간 유일한 것이었습니다."

"지금 갖고 있느냐?"

"……."

시내의 시선이 휘에게로 향했다. 편지까지는 모르는 일이어서 휘의 눈에 당혹스러움이 가득했다. 왕자인 휘에게 먼저 보이고 도움을 청할 생각도 잠깐 했지만, 자칫 잘못했다간 휘를 더 큰 곤경에 빠트릴 수도 있었다. 또한 시내는 왕 앞에 스스로 나서서 할아버지의 결백함을 밝히고 가문을 다시 일으키고 싶었다. 그럴 기회를 찾아 궁녀가 된 것이었다. 시내는 두 손을 들어 머리 뒤로 가져갔다. 길게 땋아 말아 올린 머리 위로 자주색 댕기가 묶여 있었다. 댕기는 두 갈래로 나뉘어 어깨까지 늘어져 있었다. 모두의 눈이 시내의 댕기 머리로 쏠렸다. 시내는 댕기를 풀어 앞으로 가져와 치맛자락 위에 조심스럽게 내려놓았다. 그러고는 댕기의 한쪽 끝 솔기를 만지작거리다 손가락을 집어넣고는 힘을 가했다. 투두둑. 솔기가 터지며 댕기의 끝단이 편지봉투처럼 열렸다. 댕기 속을 조금씩 더듬어 들어가던 시내의 손이 멈췄다. 시내는 댕기에서 꺼낸 것을 두 손에 받쳐 올린 후 자리에서 일어섰다. 손에는 길게 여러 번 접은 종이가 놓여 있었다. 시내는 흐트러짐 없는 걸음으로 왕을 향해 나아갔다. 오래도록 참고 견디며 기다려 온 시간이었다. 할아버지의 충심을 드러내고 가문을 다시 일으킬 마지막 기회였다. 시내는 허리를 숙이며 편지를 올렸다.

"바로 이 편지입니다."

왕은 시내가 올린 편지를 펼쳐 들었다.

"선대왕께서 제 할아버지에게 보내며 비밀을 지켜 줄 것을 간곡히 부탁했기에 할아버지는 이 편지의 존재를 누구에게도 말할 수 없었던 것입니다. 전하. 할아버지께서 말하지 못한 그 깊은 뜻을 헤아려 주시옵소서."

시내의 두 눈에 차오른 눈물이 양 볼을 타고 주르륵 흘렀다. 지켜보던 녹두가 소맷자락으로 눈가를 훔쳤다. 휘는 자리에서 일어나 대전 한가운데로 걸음을 옮겼다. 그리고 마룻바닥에 놓인 시내의 자주색 댕기를 집어 들었다. 길게 터진 솔기는 흡사 벌어진 상처 같았다. 댕기를 접고 접어 손에 꼭 쥔 채 휘는 시내를 돌아보았다. 댕기 푼 뒷머리가 대전 깊숙이 비쳐 든 햇살에 반짝이고 있었다.

한입 콩 커틀릿과 과얼꼬치

학교 앞 건널목을 건너며 초록은 다시 톡을 확인했다. 여전히 숫자 1이 남아 있었다.

"부회장 선거 나가더니 혼자 바쁜 척이야. 야! 오리진!"

초록은 큰 소리로 리진을 부르며 교문 앞으로 달려갔다. 내일로 다가온 선거를 앞두고 마지막 유세를 하느라 교문 앞은 어제보다 더 시끌벅적했다. 전교 회장 후보인 이윤수와 박지호, 부회장 후보인 최민영이 소리 높여 공약을 외치며 지지를 호소하고 있었다. 뒤에 선 세 후보의 선거운동원들도 밀릴세라 높게 든 피켓을 흔들어 댔다.

그런데 리진이 보이지 않았다. 선거 유세 돕는다고 일찍 나간 진아름도 안 보였다. 초록은 민영의 이름이 적힌 장갑을 끼고 율동하는 같은 반 혜미의 손목을 잡아챘다.

"기호 2번 오리진 어디 갔어?"

"오리진, 부회장 출마 포기했대."

"뭐? 왜?"

놀란 초록이 혜미의 다른 손목마저 붙잡아 내리며 따져 물었다.

"선거법 위반이래. 체육관에서 나눠 준 쿠키가 문제가 됐나 봐. 자세히는 나도 몰라. 궁금하면 오리진한테 직접 물어봐. 나오든 안 나오든 어차피 우리가 이길 거지만 뭐. 기호 1번 최민영!"

혜미는 초록의 손을 떨쳐 낸 후 율동을 다시 시작했다. 초록은 얼빠진 얼굴로 눈앞에서 왔다 갔다 하는 혜미의 두 손을 쳐다보았다. 쿠키가 왜? 돌아서는 초록의 눈에 민영이 들어왔다. 쿠키! 리진이 건넨 쿠키를 거절하던 민영과 돌아서는 민영을 보며 분위기가 싸늘하다고 말하던 다운의 모습이 떠올랐다. 초록은 민영을 빤히 쳐다보았다. 초록과 눈이 마주친 민영이 고개를 반대쪽으로 돌리며 시선을 피했다. 초록은 등에 멘 백팩을 단단히 잡고는 본관 건물을 향해 뛰었다. 여기 없다면 오리진이 있을 곳은 그곳뿐이었다.

예상은 적중했다. 초록이 도서실 문을 벌컥 열고 들어서자 긴 머리의 리진이 같은 자리에 앉아 늘 그렇듯 화이트보드 피켓에 뭔가를 쓰고 있었다. 리진이 한 손을 반갑게 들어 보였다. 손목에 손수건을 두르고 있었다.

"부회장 선거 포기했다며?"

"웹소설인데 로맨스도 좀 필요하지 않아? 난 시내랑 휘가 잘 됐으면 하는데."

리진이 딴소리를 했다.

"최민영이 학교에 찔렀지? 정말 쿠키 때문이야?"

"응. 쿠키 때문이래."

이번엔 리진이 순순히 대답했다.

"내 잘못이야. 민영이가 이의 제기를 잘한 거고. 학교 선거법에 나와 있대. 선거권자에게 음식물이나 금품을 제공하거나 제공하기로 약속하면 안 된다고."

"그렇다고 선거 포기까지 할 필요는 없잖아. 대통령 뽑는 것도 아닌데 좀 심한 거 아니야?"

"선거 관리 선생님은 공식 사과하면 된다고 했는데 내가 그만두겠다고 했어. 크든 작든 선거는 선거고, 어쨌든 내가 잘못했으니까. 아름, 다운 누나에게 미안하게 됐지. 기껏 도와줬는데 이렇게 돼서. 네 어머니께도 드릴 말씀이 없네. 쿠키 비법도 전수해 주셨는데."

"착한 척은 혼자 다 해."

백팩을 탁자 위에 툭 내려놓으며 자리에 앉은 초록이 휴대폰의 웹소설 앱을 열었다.

"어차피 이기기도 어려운 선거였는데 쿠키로 전교생에게 인심이라도 썼으니 아주 자알됐네. 잠깐이라도 오리진 걱정한 내가 바보지, 바보."

초록이 한 손으로 제 머리를 쥐어박으려는데 리진이 초록의 손목을 붙잡았다. 놀란 초록이 눈을 끔벅거리며 리진을 올려다보았다. 앉은 초록과 선 리진의 두 팔이 곡선을 그리며 하나로 이어졌다. 창을 등지고 선 리진의 뒤로 아침 햇살이 후광처럼 비쳐 들었고 가슴 앞으로 흐른 긴 머리는 윤슬처럼 빛났다. 순정 웹툰이나 웹소설의 표지에 나올 법한 말랑 달콤한 장면이라는 생각이 들자마자 초록은 자리에서 벌떡 일어났다. 리진의 손을 홱 뿌리친 초록은 머리와 온몸을 탈탈 털어 내며 제자리에서 펄쩍펄쩍 뛰었다.

"오바하기는."

리진이 피식 웃고는 긴 머리를 하나로 모아 손수건으로 묶었다. 초록의 얼굴이 발갛게 달아올랐다. 화 때문인지 부끄러움 때문인지 알 수 없었다. 초록은 아무 일 없었다는 듯이 헛기침을 한 후 눈을 아래로 내리깔며 도로 앉았다.

"우리 휘 왕자님, 이제 앙 되는 건가요?"

휘의 일러스트를 폰 화면에 띄워 놓은 후 초록은 기도하듯 두 손을 가슴 앞에 모았다. 광방 뛰던 좀 전의 모습은 온데간데없었다.

"시내가 왜 별론데? 휘랑 잘될까 봐?"

"고기 안 먹어서. 송시내, 비건이잖아."

초록이 퉁명스럽게 말했다.

"오리진. 시내 말이야, 아끼던 개가 맞아 죽는 걸 본 것만으로도 정말 고기를 못 먹게 될 수 있는 거야?"

"그럼. 게다가 시내는 할아버지가 맞아 피를 흘리는 것까지 봤잖아. 충격과 공포가 트라우마가 된 거지. 먹을 순 있지만 심리적 거부감으로 안 먹을 수도 있고, 먹으려 해도 자꾸 토하면서 몸이 거부하니까 못 먹게 되기도 해. 그런 이유로 시내는 자발적 비건이 된 거지. 초록이 너처럼."

"몇 번을 말해. 난 비자발적 비건이야. 정확하게 말하면 강제적 비건. 진아름 때문에. 우리 집에서 해 먹는 음식의 절대 기준은 진아름이야. 진아름이 먹을 수 있는 것과 진아름이 먹을 수 없는 것."

초록이 정색하며 말했다.

"너희 집에서 쿠키 만들 때 아주머니가 그러시더라. 네가 요즘 부쩍 식구들 힘들게 한다고. 특히 먹는 거로. 언니 바라기였던 애가 언니를 본체만체한다고."

"억울해. 열일곱 살이 되도록 못 먹어 본 게 너무너무 많아서. 또 분해. 이제껏 부모님이 나한테 한 번도 뭐가 먹고 싶냐고 먼저 물어본 적이 없어서."

초록은 보고 있던 휴대폰을 뒤집더니 탁자 위에 탁 내려놓았다.

"왜 갑자기 억울하고 분한 마음이 든 거야? 아름 누나가 아기 때부터 아토피로 고생한 거 너도 잘 알잖아."

리진은 초록과 마주 보고 앉았다.

"너, 너, 너. 그게 싫어. 내가 없잖아. 내 식성도, 취향도, 의견도, 생각도 없잖아. 아무것도 없잖아. 이제껏 존중받지 못했던 게 화가 나! 존중받지 못하고 있다는 걸 몰랐던 것조차 나는 화가 나!"

"그래서 엄마가 싸 준 도시락 대신 학교 급식 먹는 거야? 마음대로 먹으려고?"

"고기를 먹고 안 먹고의 문제가 아니야. 무얼 먹든 내 생각과 판단으로 내가 직접 결정하겠다는 거야."

단호히 말하고 초록은 자리에서 일어섰다.

"오리진."

이번엔 리진이 앉은 자리에서 초록을 올려다보았다.

"고기 없는 월요일 강요하지 마."

"……."

"애들한테도 다 생각이 있어. 변하라고 강요하지 말고 변하게끔 해. 스스로 선택하게 하란 말이야. 공약 따위로 밀어붙이지 말고."

초록은 말을 마치자마자 백팩을 챙겨 들고 도서실을 나갔다. 리진은 초록을 붙잡지 않았다. 오히려 초록의 마음을 들여다본 것 같아 기뻤다.

 다음 날 치러진 선거의 결과는 모두의 예상대로였다. 전교 회장에는 2학년 이윤수, 전교 부회장에는 1학년 최민영이 당선되었다. 전교 부회장 후보였던 민영은 리진의 후보 사퇴로 단독 출마가 되어 선거인단 과반의 찬성표만 받으면 되었다. 윤수와 민영 둘 다 과반이 훌쩍 넘는 표를 받으며 손쉽게 당선이 되었다. 투표소인 과학실 입구에 붙은 기호 2번 오리진의 후보 사퇴 안내문 위에는 리진을 위로하는 다양한 응원 스티커가 붙어 있었다. 누군가가 직접 그린 긴 머리 소년도 보였다.

 도서실에 모습을 보이지 않던 리진은 점심시간에도 급식실에 나타나지 않았다.

 "오리진, 오늘 학교 안 왔어."

 급식실 앞에서 두리번거리는 초록을 본 동급생 하나가 말해 주었다. 리진과 같은 반이라고 했다.

 "왜?"

 "몰라. 음…… 선거도 못 해 보고 떨어져서 창피한 거 아닐까? 쿠키 맛은 참 좋았는데 말이야."

 초록은 팔짱을 끼고 서서 곰곰이 생각해 보았다. 정말 아픈가? 아님 진짜 창피해서? 둘 다 리진에게 어울리는 답이 아니었다.

"초록."

부르는 소리에 돌아보니 아름이었다.

"리진이는? 엄다가 같이 먹으라고 넉넉히 싸 주셨는데."

아름이 양손에 든 도시락 가방을 들어 보였다.

"몰라."

초록은 무뚝뚝하게 대답하고 아름을 지나쳐 급식실 밖으로 향했다. 몇 걸음 옮기는가 싶더니 초록이 다시 아름 앞으로 돌아왔다. 아름은 반색하며 활짝 웃었다. 초록은 아름이 든 두 개의 도시락 가방을 번갈아 본 후 더 큰 것을 골라 가져갔다.

"맛있게 먹어."

아름은 돌아서는 초록의 등 뒤에 대고 말했다. 웬일로 급식 대신 엄마표 도시락을 선택한 초록이었다. 안도의 한숨을 내쉰 아름은 한결 가벼워진 걸음으로 배식구를 지나쳐 창가 쪽 자리로 걸어갔다. 넓은 테이블 끝에 다운이 혼자 앉아 밥을 먹고 있었다.

"여기 앉아도 돼?"

그제야 아름을 본 다운이 고개를 이쪽저쪽으로 돌리며 옆 테이블을 살폈다. 다른 테이블에도 빈자리는 있었다. 다운은 못마땅한 기색이었지만 대놓고 싫다는 말도 하지 않았다. 도시락 가방을 든 아름의 손목 안쪽이 발진이 아물며 남긴 흉터로 울긋불긋했다. 다운은 멈췄던 숟가락질을 계속했다. 거절당하지 않은 것만으로도 기분이 좋아진 아름이 얼른 맞은편 자리에 앉았다.

아름은 가방에서 꺼낸 2단 도시락의 뚜껑을 열어 탁자 위에 놓았다. 윗단에는 밥과 수제 소스를 뿌린 한입 콩 커틀릿이, 아랫단에는 딸기, 샤인머스캣, 사과를 하나씩 번갈아 가며 끼워 만든 과일꼬치가 담겨 있었다. 콩 커틀릿은 다운이 아름의 집에 놀러 갈 때면 아름이 엄마가 자주 해 주던 음식이었다. 돈가스를 좋아하는 다운과 고기를 못 먹는 아름을 위해 아름의 엄마는 직접 만든 콩고기로 한입 커틀릿을 만들고 달콤 상큼한 파인애플 소스는 따로 담아 내주었다. 아름은 부먹파, 다운은 찍먹파였기 때문이었다. 아름과 다운은 어색한 분위기 속에서 말없이 급식과 도시락을 먹었다. 남은 밥을 다 먹은 다운이 숟가락을 내려놓자마자 기다렸다는 듯이 아름이 얼른 제 도시락의 과일꼬치 하나를 들어 다운의 식판에 놓았다. 다운이 등받이에 몸을 기대며 굳은 표정으로 아름을 쳐다보았다.

"다운아…… 우리 다시 친구 하면 안 될까?"

아름이 잠시 주저하다 입을 열었다.

"그때 말이야…… 내가 쇼크로 응급실에 실려 갔을 때…… 내가 너무 아파서 네가 그만큼 힘들어하는 줄 몰랐어. 초록이랑 너랑 다툰 것도 퇴원하고 한참 뒤에 알았어. 아무리 전화를 걸어도 너는 내 전화를 받지 않고. 그래서 어떻게 할 수가 없었어."

"진아름. 친구가 뭐야?"

다운의 물음에 아름은 쉽게 대답하지 못했다.

"붕우유신. 벗과 벗 사이에는 믿음이 있어야 한다. 생윤 시간에 배웠지."

다운은 믿음이란 단어에 힘주어 말했다.

"내 생각도 그래. 친구란 날 믿는 사람이야. 뒤늦게 길어 주는 사람이 아니라 이미 나를 믿고 있는 사람."

다운의 말은 건조했고 높낮이 없이 담담했다.

"우리에겐 그 믿음이 없었어. …… 초록이는 나한테 그럴 수 있어. 동생이니까. 하지만 너는 그러면 안 되는 거였어. 우리는 친구였으니까."

다운이 자리에서 일어설 동안 아름은 시선을 탁자에 둔 채 말없이 앉아 있었다. 다운은 식판의 과일꼬치를 아름의 도시락에 도로 갖다 놓았다. 그러고는 빈 식판을 들고 아름을 지나쳐 퇴식구로 걸어가 버렸다. 아름의 도시락에는 과일꼬치 두 개가 그대로 놓여 있었다.

삼십 분 넘게 기다렸지만 오리진은 보이지 않았다. 전화도 받지 않았고 여러 번 보낸 톡도 읽지 않았다. 초록은 오리진의 집이 있는 아파트 동 공용 현관이 보이는 벤치에 앉아 있었다. 무릎 위에 올려 둔 도시락 가방의 손잡이를 잡은 채 초록은 옆에 놓인 콩콩라테 두 잔을 보았다. 아파트 단지 앞 카페에서 사 온 것이었다. 콩콩라테란 메뉴 이름이 귀여워서 주문하고 보니 우유 대신 두유가 들어가는 커피였다. 얼음이 녹아 컵 표면에 물방울이 송골송골 맺혀 있었다. 초록은 아이스 콩콩라테 하나를 들어 빨대를 입에 물며 생각했다.

'도대체 뭐야? 왜 전화도 안 받고 카톡도 씹는 거야? 선거도 못 해 보고 부회장 떨어져서 정말 창피한 거야? 창피해서 학교도 못 오는 거야? 헐! 이불 킥 몇 번 하면 되는 거지.'

초록은 콩콩라테를 내려놓고 도시락 가방에서 도시락을 꺼내 윗단 뚜껑을 열었다. 네모 모양으로 뭉친 밥 위에 소스를 얹은 한입 콩 커틀릿이 하나씩 올려져 있었다. 초록은 콩 커틀릿을 집어 먹으며 다시 생각에 빠졌다.

'아니면 진짜 아픈 거야? 부회장 못 된 게 분하고 속상해서 병이라도 난 거야? 그런 거야? 애들이 언니, 누나라고 놀려도 긴 머리 치렁치렁 기르던 애가? 헐! 매운 떡볶이 먹고 눈물 콧물 쏟아내면 끝이지.'

목이 멘 초록이 남은 콩콩라테를 마저 마시고는 도시락의 아랫단을 열었다. 디저트는 과일꼬치였다. 초록은 꼬치 맨 위의 딸기를 손으로 뺀 뒤 입으로 샤인머스캣을 빼 먹었다. 그러고는 사과만 남은 꼬치 막대기에 딸기를 도로 꽂았다. 완전 범죄에 성공한 사람처럼 초록은 만족한 얼굴로 손을 털며 일어섰다. 도시락 가방과 백팩을 주섬주섬 챙겨 든 초록은 하나 남은 콩콩라테를 손에 들었다. 초록이 터덜터덜 아파트 단지 진입로를 걸어 나오는데 상가 앞에 세워진 노랑 승합차가 보였다. 옆면에는 발차기하는 태권소년과 '한일 태권도'라는 글자가 크게 래핑되어 있었다. 전구가 켜지듯 초록의 눈이 반짝 빛났다. 오리진의 아버지가 동네에서 태권도 도장을 운영한다는 말을 들은 기억이 났다. 초록은 바로 길을 건너 상가로 들어갔다. 태권도장은 2층에 있었다. 초록은 막 수업을 마쳤는지 도복 차림으로 몰려나오는 초등학생들을 피해 계단을 올랐다.

"초록 누나?"

유리문 안으로 얼굴만 들이밀고 도장을 기웃거리는데 탈의실에서 나오던 도복 차림의 남자애가 초록을 불렀다. 초록과 비슷한 키에 머리에는 카키색 비니를 쓰고 있었다.

"김다훈?"

초록이 긴가민가한 표정을 짓자 다훈이 가슴 앞에서 오른 주먹을 왼손으로 감싸며 보주먹 자세를 취했다. 초등학교 때 태권도를 몇 달 배운 적이 있어 초록도 기본자세는 알았다. 초록은 아예 유리문을 열고 도장으로 들어갔다.

"어떻게 된 거야? 병원은?"

"수치가 안정돼서 어제 퇴원했어. 다시 학교도 가고 도장도 열심히 다닐 거야."

다훈이 허리의 검은 띠를 두 손으로 다잡았다. 백혈병을 앓는 다훈은 일 년에도 여러 번 병원 입퇴원을 반복했다. 초록이 다훈을 마지막으로 본 게 지난 겨울이었다. 퇴원했던 다훈은 상태가 안 좋아져서 며칠 만에 다시 입원해야 했다.

"잘됐다. 축하해."

"고마워."

"다훈아. 오리진이라고 알아? 고등학교 1학년, 긴 머리 소년, 별명은 오리지날, 취미는 피켓 만들기."

"리진 형? 우리 사범님 아들인데. 초록 누나도 리진 형 알아?"

역시 초록의 짐작이 맞았다. 초록은 자신의 눈썰미와 기억력 그리고 추리력에 스스로 흡족했다.

"같은 학교야. 어쩌다가 좀 친해졌고. 중요한 건 그게 아니고 오리진 오늘 결석했던데. 보거나 들은 거 있어?"

초록은 탐문하는 형사처럼 추궁하는 말투로 물었다.

"맞아. 리진 형 오늘 학교 쉬댔어. 관장님께 들었지."

"왜?"

"그게……."

"아프대?"

초록이 꼬치꼬치 캐물었다.

"형이 아픈 건 아니고……."

다훈이 머리에 쓴 비니를 만지작거리며 말을 흐렸다. 눌러쓴 비니 아래 환히 드러난 목덜미가 희었다.

"그럼 뭔데?"

갑갑해진 초록의 목소리가 커졌다.

"내일 학교에서 보면 알아-. 보거든 직접 물어봐. 그건 그렇고, 초록 누나. 나도 뭐 하나 물어봐도 돼?"

다훈이 얼른 말을 돌렸다.

"우리 누나랑 아름 누나 말이야. 둘이 무슨 일 있어? 우리 누나가 아름 누나 이야기를 아예 안 해. 내가 물어보면 신경질만 내고. 아름, 다훈, 초록. 완전 베프였잖아."

"이젠 아냐."

초록의 말에서 찬바람이 일었다.

"작년 겨울에. 너도 집에 있을 때야. 개교기념일이라서 언니들만 학교 안 간 날 기억해?"

"기억해. 누나가 아름이 누나 집에 가서 먹을 거라고 떡볶이 만들었었지. 내가 먹을 건 덜 맵게 미리 만들어 줬어. 병원에 다시 들어간 날이라 분명히 기억해."

"그날 떡볶이 먹자마자 진아름 쇼크 와서 병원에 실려 갔어. 아나필락시스라고 음식 알레르기로 인한 쇼크였어. 심하면 생명까지도 잃을 수 있는 위급한 상황이었어. 너도 알다시피 진아름은 아토피에 알레르기도 있어서 항상 조심해야 해."

"그런데?"

다훈이 영문을 모르겠다는 표정으로 초록을 보았다. 초록은 잠시 망설였다. 아무것도 모르는 다훈에게 굳이 말할 필요가 있을까 싶었다.

"그 일이 뭐?"

이번엔 다훈이 초록의 대답을 재촉했다. 어차피 끝난 일이고 지난 일이었다. 다훈이 안다고 더 나빠질 것도 새롭게 나아질 것도 없었다.

"깨, 깨 때문이었어."

"깨?"

되묻는 다훈의 미간이 좁아졌다.

"떡볶이 소스에 깨소금이 들어 있었어. 그런데 아름 언니는 깨 알레르기도 있어서 우리 집 부엌엔 깨가 아예 없어."

초록은 거기서 말을 멈췄다. 다훈 앞에서 더할 말은 아니었다. 하지만 다훈의 얼굴은 이미 딱딱하게 굳어 있었다. 동생인 다훈이 들어 좋을 말도 아닌데 괜히 했다는 후회가 바로 밀려들었다. 손에 든 콩콩라테의 얼음이 녹아 신발 위로 뚝뚝 떨어졌다. 계단 아래쪽에서 도복을 입은 한 무리의 아이들이 장난을 치며 올라왔다. 초록은 한 발짝 물러서며 길을 터 주었다. 다훈을 본 아이들이 반가움에 도장으로 달려 들어가 순식간에 다훈의 주위를 에워쌌다. 다훈은 아이들과 인사를 나누면서도 초록에게서 눈을 떼지 않았다. 초록은 간다는 말 없이 유리문을 닫고 도장을 나왔다. 한일 태권도 노랑 승합차가 상가 앞에 그대로 세워져 있었다. 초록은 콩콩라테를 승합차 위에 올려놓았다. 그리고 젖은 손을 교복 앞자락에 쓱 문질러 닦은 다음 도시락 가방을 옮겨 들었다. 상가 골목에서 큰길 쪽으로 터벅터벅 걸어 나온 초록은 한참을 더 걸어 학교가 건너다보이는 도로에 다다랐다. 어둑어둑 땅거미가 지고 있었다. 방과 후의 학교 앞은 조용했다. 초록은 가로수 아래 서서 편의점을 보았다. 다운이 창가 테이블에 앉아 컵라면을 먹고 있었다. 언제 손님이 들어올지 몰라 시선은 출입문에 둔 채 허겁지겁 라면을 먹는 다운을 초록은 씁쓸한 마음으로 지켜보았다.

  다음 날 아침, 등교한 초록은 도서실 대신 교실로 바로 갔다. 오리진이 결석한 이유는 이제 궁금하지 않았다. 웹소설과 채식만으로는 친구가 될 수 없고 친하다는 생각은 혼자만의 착각이라는 것을 초록은 지난밤에 깨달았다. 다른 날 같으면 아름에게 떠넘겼을 도시락도 군말 안 하고 챙겨 왔다. 급식실에서 오리진과 마주치기 싫었다. 점심시간이 되었다. 초록은 민지를 급식실로 보내고 교실에 혼자 남아 도시락을 열었다. 오늘의 도시락 메뉴는 당근 라페 샌드위치였다. 유산지를 벗긴 샌드위치를 한 입 먹으려는 순간 민지가 앞문으로 헐레벌떡 뛰어 들어왔다.
  "초록아! 빅뉴스! 빅뉴스!"
  민지의 호들갑에도 초록은 시큰둥한 표정으로 샌드위치를 입으로 가져갔다.

"빅뉴스라니까!"

민지가 초록의 손에서 빼앗은 샌드위치를 자신의 입으로 가져가 크게 한 입 먹은 후 도로 내려놓고는 초록의 손을 잡아끌었다.

"아, 뭔데?"

민지의 손에 이끌려 간 곳은 급식실이었다. 버티는 초록을 민지가 뒤에서 힘으로 밀어붙였다. 급식실 입구에 꽤 많은 학생이 모여 있었다. 점심시간이면 리진이 늘 피켓을 들고 서 있는 자리였다. 민지에게 떠밀려 얼떨결에 줄의 가장 앞쪽까지 들어간 초록이 우뚝 멈춰 섰다. 두 배는 커진 초록의 두 눈에 놀람이 가득했다.

오리진은 더 이상 긴 머리 소년이 아니었다. 허리 가까이 내려왔던 머리카락은 싹둑 잘려 사라지고 쇼트커트를 한 리진이 피켓을 들고 서 있었다. 초록과 눈이 마주친 리진이 짧은 머리를 쓸어 넘기며 겸연쩍게 웃었다.

"고기 없는 월요일 공약은 끝난 거 아니었나?"

"그러게. 선거에 떨어졌잖아."

"오리진, 앞으로도 계속 이럴 거야?"

둘러선 학생들 중 몇 명이 이런저런 불평을 늘어놓았다.

"네! 고기 없는 월요일은 공약으로 지켜지지 못했지만, 그동안 해 온 것처럼 캠페인은 계속됩니다. 제 부주의로 후보를 사퇴하고 그로 인해 선거에 차질이 생긴 점에 대해서는 이 자리에서 대신 사과드립니다. 죄송합니다."

싹싹하게 대답한 리진이 피켓을 내려 들고는 학생들을 향해 고개를 깊게 숙였다. 리진의 예상 밖의 행동에 학생들이 술렁였다.

"피켓 들고 말고는 오리진, 네 맘이지만 피켓에 적힌 글 때문에 마음 불편해하는 학생들이 많다면 멈추는 게 맞지 않아? 네가 딱 막고 있어서 급식실 드나드는 것도 상당히 불편해. 또 우리에겐 쾌적한 공간에서 즐겁게 밥 먹을 권리가 있어."

전교 부회장에 당선된 민영이 한 발 앞으로 나서며 말했다.

"그리고 네 머리카락 말이야."

민영이 손을 들어 리진의 머리를 가리켰다. 학생들의 시선이 리진의 짧은 머리로 쏠렸다.

"또 기를 거야?"

"응. 그러려고."

리진은 대수롭지 않게 대답했다.

"그렇게 튀고 싶어? 아이돌도 아니고 예체능 전공도 아닌데 너무 유별나잖아."

"화장실에서 볼 때마다 깜짝깜짝 놀란다니까."

1학년인 남학생의 말에 다른 학생들이 키득키득 웃었다.

"우리 학교는 두발 자유야."

대답은 리진이 아닌 전교 회장 윤수의 입에서 나왔다.

"설마 촌스럽게 남자는 꼭 짧은 머리, 여자는 꼭 긴 머리여야 한다고 생각하는 건 아니겠지? 기르고 말고는 머리 감는 사람이 결정할 일이야."

학생들 사이에서 박수가 터져 나왔다. 민지가 손뼉을 치다 말고 초록의 옆구리를 쿡 찔렀다. 초록이 마지못해 손뼉을 치려는데 뒤에서 다운의 목소리가 들렸다.

"전교 회장. 제가 한마디 해도 될까요?"

윤수가 한발 옆으로 물러나며 다운이 설 자리를 만들어 주었다. 다운이 웅성거리는 학생들 사이를 지나 앞쪽으로 나왔다. 다운은 숨을 고르며 리진과 눈을 가볍게 맞춘 뒤 학생들을 향해 돌아섰다.

"리진이 머리카락을 기르는 데는 특별한 이유가 있습니다. '어머나 운동'에 참여하고 있기 때문입니다."

생소한 말에 학생들이 고개를 갸웃거렸다.

"처음 듣는데. 어머나 운동이 뭐지?"

윤수가 물었다.

"어머나 운동의 '어머나'는 어린 암 환자를 위한 머리카락 나눔의 줄임말입니다."

그제야 말뜻을 이해한 학생들의 입이 소리 없이 벌어졌다. 초록도 마찬가지였다. 리진은 목덜미를 손으로 훑으며 멋쩍은 표정을 지었다.

"소아암 환자들이 독한 항암 치료를 오래 받으면 부작용으로 머리카락이 빠집니다. 그래서 어린 환자들은 자기 머리를 보며 마음의 상처를 많이 받습니다. 리진의 긴 머리는 그런 친구들을 위한 가발을 만들기 위해 기부한 것입니다."

"그래서 염색이나 파마도 안 한 거구나."

윤수가 고개를 끄덕이며 리진을 보았다.

"네. 손상된 머리카락은 안 되고 길이도 25센티 넘어야 해요."

"특별한 계기가 있어? 흔흔 기부가 아니잖아."

"태권도장에서 만난 동생이 있어요. 태권도 국가대표가 꿈인 아이죠. 그런데 백혈병으로 몇 년째 항암 치료를 받고 있고 머리카락이 다 빠져 비니를 쓰고 지내요. 그 동생을 통해 알게 됐는데 기부는 이번이 처음이에요."

리진이 말했다. 초록은 어제 도장에서 보았던 다훈을 떠올렸다. 다훈은 태권도 도복을 입고 머리에 비니를 쓰고 있었다. 리진의 결석 이유를 묻는 초록에게 다훈은 리진에게 직접 들으라며 말을 아꼈었다. 다훈이 왜 그랬는지 이제 알 것 같았다. 리진은 어제 몇 년 동안 기른 긴 거리를 자르고, 자른 머리카락을 기부 단체에 보내기 위해 학교를 하루 쉬었던 것이다.

"리진이 머리 길러서 불만인 사람 이제 없죠? 하나 더!"

민영을 비롯한 학생들이 대답 대신 고개를 끄덕였다. 윤수가 검지를 세운 손을 높게 들어 올리며 이어 말했다.

"고기 없는 월요일 공약은 제가 오리진의 부회장 입후보 조건으로 제안했습니다. 리진은 제 제안을 받아들여 선거에 출마했지만, 여러분도 알다시피 중도 사퇴했습니다. 그래서 제가 새 전교 회장으로서 리진의 공약을 넘겨받아 학교에 제안해 보려 합니다."

갑작스러운 윤수의 발표에 학생들의 야유와 환호가 쏟아지며 급식실이 소란스러워졌다. 리진도 놀란 눈치였다.

"제안이 통과되면 단독으로 결정하지 않고 학생 투표에 부치겠습니다. 투표를 통해 여러분의 소중한 의견을 밝혀 주시길 바랍니다."

한 무리의 학생들이 배식받는 윤수를 졸졸 따라다니며 공약 철회를 부르짖었지만, 윤수는 특기인 포커페이스를 유지할 뿐이었다.

"다훈이한테 들었어. 네 허락 없이 말해서 미안."

다운이 리진에게 말했다.

"태권도인이 입이 너무 가벼운 거 아녜요? 돌려차기로 혼 좀 내야겠어요."

리진이 두 주먹을 불끈 쥐어 보였다.

"태권도로 다훈이를 이기겠다고?"

다운의 말에 리진이 주먹을 풀어 버리며 피식 웃었다. 다운이 손 인사를 남기고는 급식을 먹으러 갔다. 리진은 얼른 피켓을 챙겨 들고 급식실을 나갔다. 복도를 걸어가는 초록의 뒷모습이 보였다.

"초록아!"

초록은 돌아보지 않았다.

"진초록!"

큰 걸음으로 따라잡은 리진이 초록의 앞을 막아섰다. 환히 웃는 리진을 초록이 무표정으로 쳐다보았다.

"폰을 집에 두고 나가는 바람에 전화 못 받았어. 걱정했지?"

"걱정? 내가 왜?"

초록이 정색하며 말했다.

"어제 도장에도 왔었다며? 다훈이가 봤다던데."

"갔었어. 기분 나빠서. 부려 먹을 땐 언제고 맘대로 후보 내려놓더니 선거일에 학교까지 빼먹는 게 너무 괘씸하더라. 최소한 진아름, 김다운한테는 도와줘서 고맙단 말은 해야 하는 거 아니야?"

"네 말이 맞아. 진짜 섭섭했겠다. 미안. 미안. 그리고 도와줘서 고마워."

"나한텐 미안할 것도 고마워할 것도 없어. 그래서 난 하나도 안 섭섭해. 말 끝났지?"

초록은 대답할 틈도 주지 않고 리진을 지나쳐 빠른 걸음으로 쌩하니 가 버렸다. 리진이 피켓을 챙겨 들고 쫓아가려 했지만, 초록은 이미 본관으로 들어가 보이지 않았다.

비건 기미나인 송시내 #8

글 도투락댕기

  누명을 벗은 시내는 옥에서 바로 풀려났다. 하지만 휘의 처소로 돌아오지는 못했다. 궁녀라는 신분과 기미나인의 역할을 잃었기 때문이었다. 매작과 꿀 반죽 사건과 시내가 아무 관련이 없는 것으로 밝혀지면서 휘 왕자에 대한 중상모략도 곧바로 사그라들었다. 휘를 세자로 추대하려는 신하들이 임 나인을 다그쳐 일의 진상을 밝혀야 한다고 왕에게 고했지만, 왕은 함구령을 내려 어떤 언급도 금지했다. 돌아오는 보름에 세자를 지목하겠다는 왕의 결심은 바뀌지 않았다. 경빈 고 씨와 휘를 지지하는 세력은 이번 사건이 오히려 휘 왕자의 세자 책봉을 유리하게 만들 전화위복의 기회라고 여기며 기뻐했다. 당사자인 휘만이 매작과 사건을 형제애를 깨트리고 만 불미스러운 일로 여기며 가슴 아파했다

  "왕자마마, 세자가 되실 날이 며칠 남지 않았습니다. 마마가 세자가 되어 왕위에 오르면 태평성대가 될 것입니다. 그리하여 모

든 백성이 배곯지 않고 억울한 일도 당하지 않아 살맛 나는 세상이 되겠지요."

"살맛 나는 세상이라…… 먹는 거 좋아하는 녹두에게는 맛나다는 말이 최고의 표현이로구나."

"그럼요, 마마. 살맛 나면 좋잖아요. 훌륭하신 왕자마마 모시며 일하니 신나서 살맛 나고, 마마가 저를 아랫사람으로 함부로 대하지 않고 아껴 주시니 서럽지 않아 살맛 나고, 아파 누워 있을 때 따뜻한 죽 쑤어 갖다 주는 동갑내기 친구 시내가 있어 외롭지 않아 살맛 나지요."

좋은 마음을 숨기지 않고 다정한 말로 풀어 놓는 녹두의 말이 휘는 듣기 좋았다.

"녹두의 말은 다정해서 들을 맛이 나는구나."

휘는 후원으로 걸음을 옮겼다.

"후원에 있는 게 분명하냐?"

"대궐 문 열고 나가는 걸 붙잡아 거기에 가 있으라고 했습니다. 혹시나 그냥 가 버릴까 싶어서 이렇게 보따리도 뺏어 왔지요."

녹두가 가슴에 안고 있던 보따리를 자랑스레 내보였다.

후원으로 들어간 휘는 연못가를 오른쪽으로 반쯤 돌아 정자로 향했다. 녹두는 후원 문 뒤에 몸을 숨기고 망을 보았다. 정자로 오르는 댓돌에 갖신 한 켤레가 놓여 있었다. 휘는 갖신과 나란하게 신을 벗어 두고 정자에 올랐다. 난간에 기대어 서서 못을 바라보던 시내가 기척에 돌아보았다.

"있었구나. 다행이다. 얼굴도 못 보고 보내나 싶었다."

시내는 두 손을 앞으로 모아 포개 잡으며 휘에게 허리 숙여 인사를 올렸다. 평복으로 갈아입은 시내의 길게 땋은 머리가 허리춤 근처에서 가볍게 흔들렸다.

"궁을 나가면 어디로 가니?"

"유모의 집으로 가려 합니다. 달리 갈 곳이 없습니다."

담담한 시내의 표정과 달리 쓸쓸한 말이었다.

"할아버지가 올린 상소가 선대왕께서 편지로 남긴 고명을 받들기 위한 충심이었음이 명백히 밝혀졌으니 너무 조바심 내지 말거라. 아바마마께서 다시 살펴 할아버지의 억울함을 꼭 풀어 주실 거야."

"마마야말로 괜찮으신지요? 연 왕자 쪽에서 또 무슨 해코지를 할까 큰 걱정입니다."

근심 가득한 시내의 얼굴을 보며 휘가 엷은 미소를 지었다.

"내 걱정을 해 주니 기분이 좋구나."

"주제넘게 마마 걱정을 했습니다. 제가 바보지요? 제가 바보입니다."

시내가 헛웃음을 지으며 손을 들어 제 머리를 쥐어박으려는데 휘가 시내의 손목을 붙잡았다. 놀란 시내가 큰 눈을 끔벅거리며 휘를 올려다보았다. 비쳐 든 한낮의 햇살에 시내의 땋은 머리가 윤슬처럼 반짝였다. 휘가 시내의 손을 내려 잡고는 손바닥 위에 무언가를 가만히 내려놓았다. 금박이 들어간 붉은 댕기였다.

"네 덕분에 수라를 먹는 시간이 즐거웠어. 고마워."

시내가 손바닥에 놓인 붉은 댕기에서 눈을 떼지 못했다.

"네가 왜 비건이 되었는지 알겠어. 마음이 힘들어 못 먹었던 거지."

시내는 대답 대신 땋은 머리를 가슴 쪽으로 가져와 그 끝에 댕기를 묶었다. 검은 머리카락과 붉은 댕기가 잘 어울렸다.

"예쁘다."

"고맙습니다. 마마."

고개를 든 시내가 휘를 향해 환한 미소를 지었다. 휘도 미소로 화답했다. 그때 후원을 가로질러 허둥지둥 달려오는 녹두가 보였다. 보따리를 안은 팔을 허우적거리는 모습이 몹시 다급했다.

"마마! 마마! 시내야!"

휘와 시내는 정자를 내려갔다.

"누가 후원으로 오고 있습니다. 서둘러 나가야 합니다. 시내야, 어서어서."

시내가 보따리를 받으려 하자 녹두가 꼭 껴안고 내놓지 않았다.

"무겁다."

"안 무거워. 줘."

"그래도. 대문까지 들어다 줄게. 얼른얼른."

녹두가 문간을 살피며 재촉했다.

"마마. 그럼."

　인사를 올리고 돌아서는 시내를 바라보는 휘의 눈에 작별의 아쉬움이 가득했다. 앞장서 걷는 녹두를 따라 시내가 급히 걸음을 옮겼다. 늘어트린 머리끝에 매달린 붉은 댕기가 손 인사를 보내듯 좌우로 흔들렸다. 휘는 꼼짝하지 않고 서서 멀어지는 시내의 뒷모습을 지켜보았다. 약과를 먹으며 같이 보았던 연못가의 벚꽃은 모두 지고 없었다. 하지만 꽃이 진 자리에서 돋은 새순이 맑은 연둣빛으로 올라오고 있었다.

바삭바삭 통밀 러스크

"초록아. 아침 먹어."

아름이 초록의 방문을 노크했다. 평소 같으면 들어오지 말란 소리부터 하거나 침대에 엎드려 업로드된 웹소설 읽으며 호들갑을 떠는 소리가 들릴 텐데 조용했다.

"문 열게."

방문을 반쯤 열고 아름이 방 안을 들여다보았다. 웬일인지 초록은 늦잠을 자지도, 엎드려 웹소설을 읽고 있지도 않았다. 잠옷 바람으로 침대에 걸터앉아 있었다. 손에는 휴대폰을 움켜쥔 채 멍한 표정이었다.

"초록아. 어디 아파?"

아름이 초록의 이마를 짚어 보았지만 열은 없었다.

"나가서 아침 먹자."

아름이 초록의 손을 잡아 일으키자 초록은 아무 저항 없이 일어나 따라 나왔다. 아름이 뒤로 빼 준 의자에 앉아서도 초록은 엉뚱한 데 시선을 두고 골똘히 생각에 빠져 있었다.

"왜? 우리 딸이 좋아하는 왕자님한테 무슨 일 생겼어?"

아빠가 아침이 담긴 접시를 초록의 앞에 놓아 주며 물었다. 접시에는 러스크 몇 조각과 감자샐러드, 한 입 크기로 썬 오이와 사과가 담겨 있었다. 초록은 고개를 툭 떨군 접시를 보았다. 통밀 식빵의 테두리는 잘라 내고 부드러운 속 부분만 바짝 구워 만든 러스크는 진갈색으로 잘 익어 맛있어 보였다. 하지만 초록은 접시에 손도 대지 않았다.

"리진이가 선거 못 치르고 그만둬서 좀 속상한가 봐요. 맛있게 먹어."

아름이 러스크에 감자샐러드를 올리며 말했다. 의자 끌리는 소리와 함께 초록이 벌떡 일어났다. 움찔 놀란 아빠와 아름이 초록의 눈치를 살폈다. 초록은 말없이 욕실로 들어가 버렸다. 외출복으로 갈아입은 엄마는 머리에 만 롤을 하나씩 풀며 식탁 의자에 앉으려다 도로 일어나 부엌으로 들어갔다.

"초록이 아직 안 나왔지?"

엄마는 초록의 접시에 담긴 러스크 조각을 다른 접시로 옮겼다. 그리고 에어프라이어에서 새 러스크 조각을 꺼내 초록의 접시에 담았다.

"초록이는 식빵 테두리로 만든 러스크만 먹는 거 몰라? 식빵 속으로 만든 건 덜 빠삭해서 손끝도 안 댄다고."

"아뿔싸."

아빠가 이마를 짚었다. 난감해진 아름도 막 먹으려던 러스크를 도로 내려놓고는 입술을 말아 물었다.

도서실 문을 열자 리진이 평소보다 더 반가운 얼굴로 초록을 반겼다.

"휴, 다행. 안 올까 봐 걱정했어."

초록은 문을 닫고 성큼성큼 걸어 리진 앞으로 갔다. 탁자 위에는 쓰다 만 피켓이 놓여 있었다.

"〈비건 기미나인 송시내〉 읽었어? 오늘 아침에 업로드된 거."

"어? …… 응."

리진이 잠시 머뭇거리다 대답했다. 초록이 교복 주머니에서 휴대폰을 꺼내더니 웹소설 앱을 열어 리진의 얼굴 바로 앞에 갖다 댔다.

"설명해 봐."

"…… 뭘?"

그럴 줄 알았다는 듯 초록이 코웃음을 쳤다.

"네 눈엔 내가 뭐로 보여? 바보로 보이지?"

"초록아, 내가 잘못했어. 화 풀어."

초록의 표정이 더 싸늘해졌다.

"너지? 도투락댕기."

"……."

"비건 기미나인 송시내! 네가 썼잖아!"

초록이 폰 화면을 거칠게 넘기더니 다시 리진 눈앞에 들이댔다. 화면에는 붉은 댕기를 손에 쥔 휘가 시내의 손목을 잡고 눈을 맞추는 장면이 일러스트로 그려져 있었다.

"며칠 전 여기서 있었던 일이랑 소설 속 장면이랑 너무 똑같아. 내가 착각한 거니? 대답해 보라고, 오리진! 아니 도투락댕기 작가님!"

초록이 오리진에게 바짝 다가서며 따져 물었다.

"솔직히 말할게."

"말해."

"네 말이 맞아. 내가 도투락댕기야."

초록의 주먹 쥔 손이 부르르 떨렸다.

"왜 날 속였어?"

"속인 거 아냐. 솔직하지 못했을 뿐이야."

리진은 자신을 노려보는 초록을 지그시 쳐다보았다. 그리고 천천히 입을 열었다.

"나, 너 좋아해."

*

　주말이었다. 저녁이 되도록 초록은 방에서 꼼짝하지 않았다. 이불을 머리끝까지 덮어쓰고 벽을 보고 누워 있었다. 문 열리는 소리가 났다.
　"똑똑."
　침대에 걸터앉은 아빠가 초록의 등을 가볍게 노크했다.
　"생일 맞은 우리 둘째, 벌써 꿈나라인가요? 가족 외식 하기로 했는데."
　초록이 이불을 목까지 끌어내리며 얼굴을 내밀었다.
　"뭐 먹을 건데?"
　시큰둥한 목소리로 초록이 물었다.
　"맛있는 거."
　"맛있는 거 뭐?"
　"초록이 생일이니까 맛있는 거 먹겠지."
　아빠가 초록의 두 팔을 잡아당겼다. 마지못해 몸을 일으킨 초록의 얼굴이 해쓱했다.
　"고민 있어? 초록이 시들시들해."
　초록은 고개를 저었다. 하지만 잠을 설쳐 떼꾼해진 눈까지 숨기지는 못했다. 도투락댕기가 자신이라는 사실을 숨긴 오리진에 대한 분노와 배신감에 벼락같은 고백이 가져온 당혹과 부끄러움이 뒤범벅되어 초록은 밤새 뒤척였다.

"엄마랑 언니 기다려. 얼른 준비하고 나와."

방에서 나가는 아빠를 따라 침대에서 내려온 초록은 거울 속 자신의 얼굴을 물끄러미 바라보았다. '나, 너 좋아해.' 리진의 고백이 귓가를 스치는가 싶더니 순식간에 얼굴이 홧홧 달아올랐다. 초록은 얼른 두 손바닥으로 붉어진 뺨을 숨기듯 감쌌다.

"다 왔어."

걸음을 멈춘 엄마가 손을 들어 한 곳을 가리켰다. 뒤따르던 아빠와 아름, 초록이 가리키는 곳을 쳐다보았다. 동네 공원이 내다보이는 상가 1층에 자리 잡은 작은 식당이었다.

"신상 솥밥 맛집이래. 특히 곤드레돌솥밥이."

엄마가 엄지를 척 세워 보였다.

"오! 곤드레만드레."

아빠가 노래를 흥얼거리며 막 가게 문을 열 때였다.

"내 생일이야."

뒤처져 따라오던 초록이 자리에 우뚝 서더니 냉랭한 말투로 말했다. 아빠와 엄마, 아름이 돌아보았다.

"난 돌솥밥 먹기 싫어."

"돌솥밥이 얼마나 맛있는데. 특히 곤드레나물이 몸에 그렇게 좋대. 면역력 강화에 좋은 비타민이……."

"누구에게 좋은데? 나?"

초록이 엄마의 말을 싹둑 잘라 버렸다.

"아니잖아! 진아름한테 좋은 거잖아."

"언니한테만 좋은 게 어딨어. 먹는 사람 모두에게 좋은 거지. 또 왜? 고기 먹자고? 햄버거 먹자고?"

"엄마는 내가 이러는 게 고기 못 먹어 짜증 내는 거 같아? 아니. 햄버거 못 먹어 이러는 게 아니라고. 오늘은 내 생일이야. 생일인 나한테 먼저 뭐 먹고 싶은지 물어봐 줘야 하는 거 아니야?"

"초록이 너는 아무거나 잘 먹잖아. 주는 대로 뭐든 잘 먹으니까 엄마는 당연히……."

"엄마는 내가 나물 먹으면 소화 잘 안 되는 것도 모르지. 생야채 잘못 먹으면 속 따끔거려 밤에 끙끙거릴 때 있는 것도 모르잖아."

"말을 해야 알지. 입 쭉 내밀고 꽁해 있으면 엄마가 어떻게 알아?"

"관심이 없기 때문이야. 진아름은 말 안 해도 다 알잖아."

"너랑 언니랑 같아?"

아빠와 아름이 말씨름을 하는 엄마와 초록 사이에서 눈치를 보았다.

"초록이 생일인데 초록이가 좋아하는 거 먹으러 가요. 초록아, 뭐 먹고 싶어?"

"사거리에 있는 피자 가게에 비건 메뉴도 있다고 하던데. 거기로 갈까?"

아빠가 사거리 쪽을 손으로 가리켰다.

"피자 먹을 거였으면 외식 안 하고 집에서 만들었지."

엄마가 아름을 바라보며 난처한 표정을 지었다.

"우리 집에 태양은 언제나 진아름뿐이지. 아빠, 엄마는 지구고. 지구는 태양만 바라보고 태양 주위만 뱅글뱅글 돌지. 지구를 바라보는 달 따위에는 관심도 없어."

초록은 후드티 주머니에 두 손을 찔러 넣었다.

"생파 안 해. 뭘 먹어도 체할 거 같아. 저 빼고 맛있게 드세요."

휙 돌아선 초록은 점멸하는 보행 신호를 따라 빠른 걸음으로 건널목을 건넜다. 아름이 잰걸음으로 쫓아왔지만, 신호를 놓쳤다. 초록은 후드티의 모자를 당겨 깊숙이 눌러썼다. 딱히 갈 곳이 없었다. 배가 고팠지만 입맛은 없어서 뭘 먹고 싶지도 않았다. 초록은 큰길에서 골목길로 빠져 한참을 걸었다. 작은 공원이 보여 짧은 산책로를 따라 걷다가 가로등이 밝은 벤치로 가 앉았다. 바닥에 늘어진 그림자의 어깨가 축 처져 있었다. 초록은 손을 들어 그림자의 어깨를 툭툭 두들겨 주었다. 자신이 도투락댕기인 걸 숨긴 리진도, 언제나 언니부터 챙기는 엄마와 아빠도, 한 번도 동생에게 얼굴 찌푸린 적 없는 천사표 언니도, 밉고 섭섭했다.

엄마 말대로 고등학생이 되어 사춘기가 온 걸까? 배려라고 생각했던 것들이 모두 손해로 여겨졌다. 태어나 고등학생이 된 지금까지 채식하며 고기, 우유, 달걀을 안 먹은 게 초록의 자발적 선택이 아니라 강제와 강요였다는 생각이 들었다. 초록의 필요와 이해, 초록 스스로의 설득과 선택이 없었다. 안 먹은 게 아니라 못 먹은 거라는 생각이 들자 화가 나고 분했다. 왜? 그동안 당연하게 여기며 받아들였던 것들에 물음표가 붙기 시작했다. 초록은 자신에게 물었다. 나는 왜 채식을 하는 걸까? 나는 정말 채식을 원하는 걸까? 채식의 이유가 언니가 앓고 있는 아토피뿐이라면, 그렇다면 언니만 없거나 언니와 떨어져 살게 되면 나는 채식을 안 해도 되는가? 언니처럼 못 먹는다고 생각했던 음식을 초록은 먹을 수 있다는 걸 알게 된 초등학교 5학년 이후 내내 품고 있던 질문이었다. 언니를 위해서 채식을 한다는 말이 얼마나 빈약한 대답인지 알게 된 것이다.

  초록이 걸음을 멈춘 곳은 학교 앞 편의점이었다. 유리문 너머 편의점 사장님이 보였다. 알바를 끝내고 돌아갔는지 다운은 보이지 않았다. 배에서 꼬르륵 소리가 났다. 초록은 몇천 원 남은 카카오페이를 확인한 후 편의점 문을 열고 들어갔다. 바나나맛 우유와 치킨버거를 사서 빈 테이블에 가 앉았다. 하지만 우유와 버거에 손도 대지 않은 채 멍하니 창밖을 내다보았다.

  "정말 여기 있네."

  소리에 돌아보니 다운과 다훈이 서 있었다. 며칠 전에 보았던

쾌활한 모습과 달리 다훈은 풀이 죽은 얼굴이었다.

"뭐야? 김다훈까지 데리고."

"아름이가 너 여기 있을 거라고 했어."

다운이 휴대폰 쥔 손을 들어 보였다. 둘 뒤로 막 편의점 문을 열고 들어서는 아름이 보였다. 초록을 발견한 아름이 안도하며 짧은 한숨을 내쉬었다.

"아름이랑 너한테 할 말 있어."

"혼자 있고 싶어. 지금 누구랑 생파 할 기분이 전혀 아니거든."

초록이 보란 듯이 치킨버거 봉지를 뜯으려는데 다훈이 한 걸음 앞으로 나오며 말했다.

"아름 누나, 초록 누나, 미안해. 내 잘못이야. 나 때문이야."

다훈의 생뚱맞은 말에 아름과 초록은 영문을 묻듯 서로 보았다. 아름이 고개를 가로저었다. 다운이 초록의 맞은편 의자에 앉자 다훈이 옆자리에 앉았고 아름이 자연스레 초록의 옆자리에 앉았다. 그 일이 있기 전에 아름과 다운, 초록이 늘 어울려 놀던 바로 그 자리였다.

"다훈이가 뭘 잘못했다는 거야?"

초록이 다훈에게서 거둔 시선을 다운에게 보내며 물었다.

"그날…… 아름이가 응급실 실려 갔던 날의 일이야."

예상치 못한 다운의 말에 아름과 초록의 표정이 동시에 굳었다. 분위기가 얼어붙으며 둘러앉은 넷의 주위로 침묵이 흘렀다.

긴 침묵 끝에 다운이 입을 열었다.

"아름이가…… 알레르기로 쇼크 왔던 게 아무래도 자기 잘못 같다고."

"말도 안 돼. 그날 다훈이는 우리랑 같이 있지도 않았어."

아름이 커진 눈을 껌벅거렸다.

"며칠 전에 초록 누나에게 듣기 전까지 아예 몰랐어. 셋이 크게 싸워 말을 안 하는 정도로만 생각했는데. 그런데 그게 다운 누나가 만든 떡볶이에 들어간 깨가 문제가 되었고…… 깨를 못 먹는 아름 누나가 알레르기 쇼크를 일으키는 바람에…… 사이가 멀어졌다는 이야기를 듣고 나니 그냥 있을 수 없었어. 그동안 누나가 왜 많이 힘들어하는지 알게 되었으니까."

말을 마친 다훈이 고개를 들어 아름과 초록을 보았다.

"이미 늦어서 아무 소용 없다고 해도, 누나에 대한 오해는 꼭 풀고 싶어. 다운 누나는 아무 잘못 없어. 내 잘못이야."

"다운이 잘못이라고 생각한 적 없어. 오히려 다운이가 응급 처치를 잘하고 119도 빨리 불렀는걸. 내가 욕실에서 토하다가 의식 잃었을 때 다운이가 얼른 내 고개를 옆으로 돌려서 기도 확보한 게 천만다행이었다고 의사 선생님께 들었어."

묵묵히 듣고만 있던 다운이 고개를 가로저으며 말했다.

"아니. 내 잘못도 있다는 걸 어제 다훈이에게 들어 알았어. 내가 만든 떡볶이 소스에 깨가 들어 있던 게 맞아."

아름이 놀라 다운을 보았다.

"무슨 말이야? 내가 깨 못 먹는 건 너도 잘 알고 있었잖아."

다운이 고개를 끄덕이며 아름을 보았다.

"응. 나는 알고 있었지만…… 다훈이는 몰랐어. 그게 문제였던 거야."

아름과 초록의 시선이 다훈에게로 옮겨 갔다.

"그날은 내가 병원에 다시 들어가는 날이었기 때문에 똑똑히 기억해. 누나가 아름이 누나네에서 만들어 먹을 거라고 떡볶이 재료를 준비해 식탁에 뒀어. 나 먹으라고 만든 떡볶이는 접시에 담아 그 옆에 두었고. 누나가 옷 갈아입는 동안에 나는 후추통을 꺼내 떡볶이에 뿌렸어. 내가 후추를 엄청 좋아하거든. 그런데 고소한 냄새가 나길래 들여다보니 후추가 아닌 거야. 비슷한 통에 담긴 깨소금이었어. 깨소금 통을 갖다 넣고 후추 통을 꺼내는데 방에서 나온 누나가 떡볶이 재료가 담긴 용기 뚜껑을 닫고 에코백에 넣더니 바로 나갔어. 나는 떡볶이를 먹고 병원에 치료받으러 다시 입원했고. 다운 누나가 아무 말도 안 해서 아름 누나한테 그런 일이 생긴 줄도 모르고 있었어. 내 잘못이야. 아름 누나, 정말 미안해. 많이 아팠지?"

말을 마친 다훈의 눈자위가 불긋했다.

"네 잘못 아니야. 몰랐잖아. 그리고 나는 이제 말짱한걸. 봐."

아름이 다훈과 눈을 맞추며 두 팔을 크게 벌려 보였다.

"나는 그것도 모르고 초록이에게 화부터 냈어. 괜한 의심 하지 말라면서 초록이 잘못일 수도 있다고 몰아세우기까지 했어. 아무 말도 하지 않는 아름이도 밉고 원망스러웠어."

다운이 손등으로 눈가를 훔쳤다. 초록은 병원 응급실 앞에서 몸을 부들부들 떨며 눈물을 뚝뚝 흘리던 다운의 모습을 떠올렸다. 하얗게 질린 다운의 얼굴에 담긴 걱정과 두려움을 못 본 척하며 일방적으로 몰아세운 건 초록이었다.

"내가 먼저 못된 말을 했어. 다 언니 탓이라고, 아름 언니 잘못되면 가만 안 두겠다고 윽박질렀잖아."

테이블의 각진 모서리를 손가락으로 문지르며 초록이 말했다. 부모님이 오고 아름이 의식을 되찾으며 상황은 진정되었지만, 오해와 의심, 죄책감은 셋의 사이를 어색하게 만들며 멀어지게 했다.

"잘못을 따진다면 내 잘못이 더 커. 다운이랑 초록이 다툰 거 알면서도 아프다는 핑계로 내버려 뒀으니까. 어떻게든 풀려고 애써야 하는데 말이야. 내가 모두를 힘들게 하는 거 같아. 정말 그러고 싶지 않은데……."

아름이 오른손을 왼 팔꿈치 안쪽으로 가져가 울긋불긋한 발진 부위를 긁었다. 발진으로 인한 간지럼이 심할 때는 자다 깨기를 반복하느라 깊은 잠을 못 자는 아름이었다. 초록은 아름의 손을 붙잡았다. 그리고 남은 손으로 아름의 팔 위로 손부채질을 해 주었다. 어릴 때부터 부모님이 아름에게 하는 걸 보아 온 초록이었다. 다훈이 테이블 위로 긴 팔을 뻗어 손부채로 바람을 보태며 다운의 손목을 잡아끌었다.

"누나도."

"괜찮아. 참을 만해"

아름이 손을 내저으며 어색한 웃음을 지었다.

"더 좋은 방법이 있어."

테이블 가까이 당겨 앉은 다운이 아름의 팔목을 받치듯 잡고는 손바닥으로 팔꿈치 안쪽을 덮었다.

"딴생각해야 덜 간지러워. 끝말잇기 하자. 나부터 한다. 자전거."

다운이 턱짓으로 아름을 가리켰다. 아름이 바로 말을 이었다.

"거짓말."

말뚝. 뚝심. 초록과 다훈이 차례대로 끝말을 이었다. 차례가 된 다운이 잠시 고민하더니 혼잣말처럼 중얼거렸다.

"심심했어, 많이."

"끝말잇기가 뭐 그래? 엉터리야."

툴툴대는 다훈과 달리 끝말을 받은 아름의 표정은 진지했다. 초록은 옆에 앉은 아름을 들아보았다.

"이……제 다시…… 친구 하고 싶어."

아름의 말투는 조심스러웠다. 그제야 분위기를 파악한 다훈이 입을 꼭 다문 채 초록을 쳐다보았다.

"어…… 어……."

말끝을 흐리는 초록의 배에서 갑자기 꼬르륵 소리가 크게 났다. 아름과 다운, 다훈이 웃음을 참지 못하고 쿡쿡거렸다. 민망해진 초록이 부러 목소리를 높였다.

"어, 어쨌든! 오늘은 내 생일이야."

"야호!"

야무지게 끝말을 이은 다훈이 두 손을 번쩍 들었다.

"오늘 알바비 받았어. 내가 쏠게."

다운이 상의 주머니를 툭툭 치며 이어 말했다.

"카레 어때? 큰 사거리에 카레라이스 가게 새로 생겼는데 맛있대."

카레는 초록이 제일 좋아하는 음식이었다. 아름이 초록을 돌아보며 싱긋 웃었다. 벌써 메뉴를 정한 다훈이 돈가스카레를 외치며 자리에서 일어섰다. 초록은 따라 일어서며 후드티의 주머니에 버거와 우유를 집어넣었다. 계산대 앞으로 와 인사를 하는 아름과 다운에게 편의점 사장님은 엄지를 슬며시 들어 보였다.

유리문을 열고 밖으로 나가자 기분 좋은 선들바람이 불었다. 오해, 의심, 원망이 썰물로 빠져나간 빈자리에 화해, 진심, 소망이 새살처럼 차오르고 있었다.

'아름다운초록' 단톡방은 다시 시작되었다. 지난겨울 이후 몇 달 만이었다. 다운이 일하는 편의점은 다시 셋의 아지트가 되었고 편의점 사장님은 아름과 다운, 초록의 화해를 축하해 주었다. 셋은 예전처럼 찰떡같이 붙어 다녔다. 점심시간엔 도시락과 식판을 늘어놓고 사이좋게 나눠 먹었다. 민지는 다이어트 중이라면서도 슬쩍 끼어 앉아 제일 맛있게 먹었다. 학생들도 더는 아름을 유별난 사람으로 보지 않았다.

도돌이컵 해피엔딩

늦잠을 자고도 초록은 여유로웠다. 식탁 앞에 앉은 초록은 다리를 앞뒤로 흔들며 콧노래를 흥얼거렸다. 잘 구운 러스크는 먹을 때마다 바삭바삭한 소리가 났다. 초록의 접시에만 식빵 테두리로 만든 러스크가 그득했다. 아빠와 아름이 눈을 맞추며 싱긋 웃었다.

"흑미밥, 야채카레, 호박나물, 두부너겟, 양배추김치. 정말 고기 없는 식단이네."

앞머리에 분홍색 롤을 만 엄마가 냉장고 문에 붙여 놓은 학교 급식표를 들여다보며 말했다.

리진의 제안을 전교 회장 윤수가 전격 수용해 학생 투표에 부친 '고기 없는 월요일 시범 급식'은 아주 작은 차이지만 찬성으로 통과되었다. 예상을 뒤엎은 의외의 결과였다. 바로 오늘이 시범 급식 첫날이었다.

"초록아. 리진이 보거든 우리 집에 놀러 오라고 해. 맛있는 거 해 줄게."

"걔가 왜 우리 집에 와?"

엄마의 말에 콧노래를 멈춘 초록이 발끈했다.

"둘이 친구잖아. 좋아하는 웹소설도 같다며?"

"끊었어. 이제 웹소설 안 봐."

"왜?"

"유치해서."

사과주스를 한입에 비운 초록이 짐짓 새침한 표정으로 자리에서 일어나 방으로 들어갔다. 영문을 묻는 엄마, 아빠에게 아름은 어깨를 으쓱 들었다가 내리고는 검지를 세워 머리에 갖다 대며 뿔을 만들어 보였다.

초록은 셋의 아지트인 편의점 앞에서 아름과 헤어져 집으로 향했다. 다운은 아르바이트 시간이 남아 있었고 아름은 수학 학원에 갈 시간이었다. 큰길을 건너 상가 골목으로 돌아 걷는데 교복을 입은 다훈이 앞에서 걸어왔다. 손에는 돌돌 말아 묶은 도복을 들고 있었고 머리에는 회색 비니를 쓰고 있었다.

"원수는 외나무다리에서 만난다."

다훈이 두 주먹을 불끈 쥐며 겨루기 자세를 취했다.

"도장 앞이겠지."

초록은 주차된 태권도 승합차를 턱짓으로 가리켰다.

"같이 올라가자. 리진 형 있을 거야."

"쉿!"

입술에 손가락을 갖다 댄 초록이 몸을 잔뜩 움츠리며 주위를 살폈다.

"나 봤단 말 절대 하지 마."

건성으로 고개를 끄덕이는 다훈을 두고 초록은 종종걸음을 쳤다. 아파트 단지로 이어지는 소공원을 가로질러 걷는데 뒤에서 초록을 부르는 소리가 들렸다. 초록은 못 들은 척 더 빨리 걸었다.

"초록아! 진초록!"

"김다훈, 정말."

초록은 두 손을 움켜쥐었다.

"나 보러 왔다면서 왜 그냥 가?"

큰 걸음으로 초록을 따라잡은 리진이 앞을 막아서며 물었다.

"그런 말 한 적 없어."

비켜 가려는 초록의 팔을 리진이 붙잡았다.

"초록아. 〈비건 기미나인 송시내〉 말이야. 곧 끝나."

"알 게 뭐야. 도투락댕기 작가님께서 알아서 잘 쓰겠지. 나는 하나도 안 궁금해."

몸을 휙 돌린 초록이 왔던 길로 다시 돌아갔다.

"집에 가는 길 아니었어?"

"열불 나서 아라 사 먹으러 간다!"

리진이 몇 발짝 뒤에서 초록을 따라왔다.

"왜 따라오는데?"

초록이 쌀쌀맞게 물었다. 리진은 손가락으로 태권도장이 있는 상가 쪽을 가리켰다. 무안해진 초록이 백팩의 어깨끈을 일없이 당겨 메고는 공원 앞 콩콩 카페로 갔다.

"아이스 콩콩라테, 얼음 가득이요."

테이크아웃 전용 창문 앞에서 초록이 모바일 카드를 찾는데 카페 사장님이 창밖으로 얼굴을 내밀었다.

"원 플러스 원 행사 중인데."

"한 잔만 주세요."

"한 잔 더 주세요. 도돌이컵에 주세요."

입씨름 끝에 리진은 제 몫의 아이스 콩콩라테를 받아 들었다. 기어이 공원까지 따라와 같은 벤치에 앉으려는 리진을 따돌리고 초록은 냉큼 옆 벤치로 옮겨 앉았다. 이파리 무성한 나무 한 그루가 둘이 앉은 벤치 위로 초록색 파라솔처럼 드리웠다. 아이스 콩콩라테를 한 입 쭉 들이킨 초록이 손에 든 컵을 무심코 내려다보았다.

"도돌이컵이야. 다회용 공유컵인데 옥수수 전분으로 만들어

환경에 무해해. 빈 컵을 카페에 반납하면 보증금을 돌려받을 수 있어."

둘은 발치에서 일렁이는 나무 그림자를 보며 말없이 남은 라테를 마셨다.

"…… 초록아."

초록은 곁눈으로 리진을 보았다.

"미안해."

"왜 말 안 했어?"

타박하면서도 초록의 목소리는 한결 누그러져 있었다.

"어색하고 부끄러워서. 좋아서 쓰긴 해도 잘 쓰는 건 아닌데 재밌게 읽어 주니까."

"그래도 말했어야지. 너 보기에 내가 얼마나 바보 같았겠어."

"바보 같다니? 말도 안 돼. 완전 감동이지."

리진이 짧은 뒷머리를 긁적였다. 긴 머리가 더 잘 어울리는데. 초록은 리진의 짧은 머리를 보며 아쉬운 마음이 들었다.

"재미도 있지만, 이야기가 따뜻해서 좋아."

"기억에 남는 장면 있어?"

"음…… 휘와 시내가 한자로 쓴 '비건'으로 파자 놀이 하는 장면을 재밌게 읽었어. 그런 글자 놀이가 있다는 게 신기했어."

"그래? 우리도 해 볼래?"

"어떻게?"

한 손을 턱에 갖다 대고 잠시 궁리하던 리진이 말했다.

"너와 나, 우리 사이에 진짜 없는 동물은?"

"진짜 없는 동물?"

"응. 진초록 오리진 사이에 진, 자 없는 동물 말이야.'

하늘이 답지라도 되는 듯 눈을 치뜨고 곰곰이 생각하던 초록이 손을 번쩍 들며 자리에서 일어섰다. 초록은 리진을 향해 돌아서서 자신 있게 말했다.

"초록 오리!"

"맞아."

정답을 맞춰 기분이 한껏 좋아진 초록이 어깨를 으쓱이며 자리에 앉았다. 리진이 앉은 벤치의 옆자리였다. 리진의 입가에 스르르 미소가 번졌다.

"자신의 처지에 절망하지 않고 해결 방법을 찾아내는 주인공도 마음에 들어."

"시내는 실제 모델이 있어."

"정말? 누군데? 아이돌?"

초록이 기대에 찬 얼굴로 리진을 향해 돌아앉았다.

"너."

"……."

"급식실에서 혼식 도시락 먹는 너를 보고 떠올린 거야. 시내가 마음에 들었다니 다행이야."

눈만 끔벅이던 초록의 두 귓불이 점점 붉어졌다.

"늦었다. 집에 가야겠어."

자리에서 벌떡 일어선 초록이 갈팡질팡하며 어쩔 줄 몰라 했다. 따라 일어선 리진이 초록의 손에서 도돌이컵을 가져갔다.

"내가 반납할게."

"그래. 고마워."

"초록아."

"응?"

"시내랑 휘. 둘 말이야."

초록과 리진, 둘은 마주 보았다. 기우는 해를 따라 나무 그림자도 자리를 옮겨 둘이 선 자리에는 햇살이 가득했다.

"어떻게 되면 좋겠어?"

"그거야 작가 맘이지."

"나는…… 둘이 잘됐으면 좋겠어. 네 생각은 어때?"

"나는…… 내 생각은……."

우물쭈물하던 초록이 리진의 손에 들린 도돌이컵을 도로 가져갔다.

"같이 가."

"어딜?"

"반납하러 같이 가자고."

멀뚱멀뚱 쳐다보는 리진을 두고 초록은 콩콩 카페로 향했다.

한 박자 늦게 알아챈 리진이 도돌이컵을 흔들며 외쳤다.
"해피엔딩! 해피엔딩 맞지?"
초록은 돌아보지 않고 고개만 끄덕였다. 리진의 표정이 너무 궁금했지만 이 순간만큼은 클라이맥스의 주인공답게 좀 참기로 했다.
해피엔딩. 마음에 드는 결말이었다.

비건 기미나인 송시내 #마지막 회

글 도투락댕기

두 달 후, 세자 책봉식이 성대하게 치러졌다. 우여곡절 끝에 세자가 된 진 왕자의 영민함과 높은 덕성을 모든 신하와 백성이 칭찬하였다. 형인 선대왕의 고명을 받들어 조카인 진 왕자를 세자로 정한 왕에 대한 우러름도 높았다. 사촌 형에게 세자 자리를 양보한 휘 왕자와 연 왕자를 향한 칭송도 자자했다. 보위에 오를 세자가 정해지자 나라는 다시 평안해졌다. 세자 책봉에 맞춰 역적으로 몰렸던 시내의 가문도 함께 복권되었다. 아버지가 귀양에서 풀려났고 관의 노비로 끌려갔던 어머니와 오빠, 남동생이 무사히 집으로 돌아왔다. 유모의 딸로 숨어 살다 할아버지의 억울한 죽음을 알리기 위해 제 발로 궁에 들어갔던 시내도 명문가의 손녀라는 신분을 회복했다.

왕은 장성한 세자의 혼례를 서두르며 전국에 금혼령을 내렸다. 금혼령은 세자의 아내가 될 세자빈을 정할 동안 양반가 규수의 혼인을 금지하는 왕의 명령이었다. 시내도 금혼령의 대상이 되었다.

왕자 휘는 홀로 후원의 정자에 올랐다. 연못가의 벚나무를 보고 있노라니 흩날리는 벚꽃잎을 맞으며 약과를 아껴 먹던 시내의 모습이 떠올랐다. 시내가 궁을 나가던 날, 연둣빛으로 빛나던 잎사귀들이 두어 달 사이에 초록 잎으로 짙어져 있었다.

시내가 간직하고 있던 편지는 선대왕이 할아버지에게 보낸 편지 진본임이 밝혀졌다. 병상의 선대왕은 자신이 일찍 죽을 경우 갓 태어난 아들이 왕위 다툼에서 입을지 모를 화를 막기 위해, 아들 대신 동생을 왕위 계승자로 삼았다. 그리고 죽기 직전 시내의 할아버지 송덕현에게 은밀히 고명을 내렸다. 보낸 편지에는 아들이 무사히 성장해 왕이 될 그릇이 된다면, 세자 후보로 추천해 달라는 당부의 말이 적혀 있었다. 우애 깊은 동생이라면 편지를 보여 주지 않아도 형의 부탁을 들어 줄 것임을 굳게 믿는다는 말도 함께였다. 이에 느낀 바가 컸던 휘와 연, 두 왕자는 왕위 쟁탈을 둘러싼 반목과 대립을 멈추기로 약속했다. 경빈 고 씨와 소의 김 씨는 미련이 남았지만 두 왕자의 뜻을 존중해 주었다. 휘와 연은 왕 앞으로 나아가 사촌 형인 진 왕자를 세자로 삼을 것을 간곡히 부탁드렸다.

"마마."

휘의 귓가로 그리운 목소리가 스쳤다.

"마마."

시내의 목소리였다. 생각에 빠져 헛들은 것이 아니었다. 돌아선 휘 앞에 두 손을 앞으로 곱은 고운 옷차림의 시내가 서 있었다. 시내는 휘를 향해 허리 숙여 공손히 인사를 올렸다. 옥색 깃을 두른 연노랑 저고리에 분홍 치마를 입은 시내는 더 이상 기미나인이 아니었다. 양반가에서 귀하게 자라며 품위와 품격이 몸에 밴 숙녀였다.

"정말 시내가 맞니? 몰라보겠어."

시내가 몸을 살짝 돌려 머리끝에 맨 댕기를 보여 주었다. 휘가 선물한 금박 입힌 붉은 댕기였다.

"마마, 잘 지내셨습니까?"

"짐을 벗은 듯 홀가분해. 이제 학업에 열중하며 학자의 길을 가려고 해."

"왕자마마는 훌륭한 학자가 될 것입니다."

"궁에는 어쩐 일이야? 다시는 못 볼 거라 여겼는데."

"어명을 받고 아버지와 함께 입궐하였습니다. 전하께서 아버지에게 대사간의 벼슬을 내리셨습니다."

"대사간이면…… 돌아가신 할아버지께서 지낸 벼슬 맞지? 정말 잘됐어. 늦었지만 할아버지께서 편히 눈감으실 수 있게 되었으니 다행이다. 내가 여기 있는 건 어떻게 알았니?"

시내가 후원 입구를 돌아보았다. 문 뒤에 선 녹두가 두 손을 번쩍 들더니 크게 흔들었다.

"마마."

시내가 휘를 가만히 불렀다. 휘는 정다운 눈빛으로 시내를 보았다.

"전하께서 저의 소원 하나를 들어주겠다고 말씀하셨습니다. 편지를 잘 지켜 준 보답으로요."

"아바마마께서? 그래, 무슨 소원을 빌었니?"

"저를 금혼령에서 빼 달라고 말씀드렸습니다."

금혼령이란 말에 휘의 표정이 어두워졌다. 열일곱인 시내도 금혼령의 대상이 되며 그것은 시내가 세자인 진 왕자의 배필이 될 수도 있다는 뜻임을 휘도 알기 때문이었다.

"왜? 너는 서자빈이 될 자격이 충분해."

휘는 애써 아무렇지 않은 듯 말했다. 시내가 휘의 얼굴을 빤히 쳐다보았다.

"수라는 잘 드십니까?"

"네가 없어 먹는 재미는 줄었지만 잘 먹으려고 애쓰는 중이야. 나도 너처럼 바건이 되고 싶거든. 갖출 비, 튼튼할 건. 건강한 몸과 마음을 갖춘 사람."

"그 말을 아직도 기억하세요?"

시내의 두 눈이 동그래졌다.

"처음 듣는 말이라 신기했거든. 너는 어때? 이제 고기를 먹니?"

고개를 가로젓는 시내를 휘는 걱정 가득한 눈으로 보았다.

"아직도 할아버지와 바둑이 생각에 넘어가질 않아?"

"먹고자 하면 먹을 수 있겠지요. 맛있는 것도 잘 알고요. 하지만 이제 제 의지로 안 먹기로 마음먹었습니다."

"네 의지라니, 무슨 뜻이지?"

"어머니께 들은 이야긴데 저에게 외가 조상이 되는 율곡 이이도 평생 소고기를 멀리했다고 해요. 소의 힘을 빌려 지은 밥을 먹으면

서 그들의 고기까지 먹어서야 되겠느냐고 말씀하셨대요. 저도 비슷합니다. 제 욕심 때문에 피 흘리는 생명이 없기를 바라게 되었어요. 고통과 죽음을 두려워하지 않는 생명은 없으니까요. 측은지심으로 보면 도토리 한 알에도 마음이 쓰이고 꿀 한 숟가락 속에서도 우주를 보게 되니 감사의 마음이 절로 생기지요. 그뿐입니다."

"훌륭해. …… 너는 만백성을 두루 살피는 좋은 왕비가 될 거야."

"…… 정녕 그리되길 바라십니까?"

시내와 휘는 서로의 눈을 바라보았다. 듣고 싶은 말과 하고 싶은 말이 같다는 걸 둘은 이미 마음으로 잘 알고 있었다.

"아니."

휘는 솔직하게 말했다.

바람이 산들 불었다. 연못에 잔물결이 일며 반짝였고 벚나무 나뭇잎끼리 부딪는 소리는 청량했다.

"아바마마께 가자. 같이 가서 말씀드리자."

시내는 미소로 화답했다. 휘는 정자를 내려가 댓돌에 놓인 신을 신었다. 따라 내려온 시내가 두어 걸음 물러났다. 휘는 한 걸음 다가가 손을 내밀었다. 시내가 휘의 손 위에 자기 손을 살포시 올렸다. 둘은 손을 꼭 잡고 나란히 걸었다. 문 뒤에서 망을 보던 녹두가 날 듯이 달려오더니 둘 주위를 덩실거리며 돌았다. 땅으로 드리운 세 그림자도 사이좋게 어울렸다.

더할 나위 없이 좋은, 푸른 봄이었다.

쿠키 있음

> 초록아.
>
> 마지막 회 봤어?

당근. 둘이 잘돼서 넘넘 좋아. ㅎㅎ

> 네가 원한 해피엔딩.

이제 휘도 시내처럼 비건 되는 거야?

> 아마도?! ^^
>
> 초록이, 너는?
>
> 아름이 누나 때문에 비건으로 산 게 억울하다고 했잖아.

응. 그래서 공부부터 해 보려고. 내가 먹는 것들이 내 몸과 동물권과 기후 위기에 어떻게 영향을 끼치는지.

나도 건강해지면서 환경도 보호하고 지구도 살리는 가장 좋은 방법이라면 내 선택과 의지로 진짜 비건이 될 거야. 시내처럼.

> 멋진데.
>
> 비건소녀 진초록!
>
> 네 이름이랑 너무 잘 어울린다.

그건 그렇고.

연재도 끝났는데 기념으로 쫑파티라도 해야 하는 거 아니야?

> 오키. 수업 마치고 편의점에서 파티 하자.
>
> 아름다운 누-ㄴ-들이랑 다훈이도 같이.

앗쌔! 신난다.

> 나 학교 도착했어. 어디야?

벌써?

지금 몇 신데?

오마이갓!!!!!!!!

> ㅋㅋㅋ